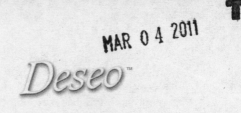

Deseo™

Más que un millonario

EMILIE ROSE

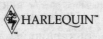

HARLEQUIN™

Editado por HARLEQUIN IBÉRICA, S.A.
Núñez de Balboa, 56
28001 Madrid

I.S.B.N.: 978-84-671-8634-5
Depósito legal: B-20414-2010
Editor responsable: Luis Pugni
Preimpresión y fotomecánica: M.T. Color & Diseño, S.L.
C/ Colquide, 6 portal 2 - 3º H. 28230 Las Rozas (Madrid)
Impresión y encuadernación: LITOGRAFÍA ROSÉS, S.A.
C/ Energía, 11. 08850 Gavá (Barcelona)
Fecha impresion para Argentina: 3.1.11
Distribuidor exclusivo para España: LOGISTA
Distribuidor para México: CODIPLYRSA
Distribuidores para Argentina: interior, BERTRAN, S.A.C. Vélez
Sársfield, 1950. Cap. Fed./ Buenos Aires y Gran Buenos Aires,
VACCARO SÁNCHEZ y Cía, S.A.
Distribuidor para Chile: DISTRIBUIDORA ALFA, S.A.

Capítulo Uno

–Defina «incidente desafortunado» –le ordenó Ryan Patrick al director de la Lakeview Fertility Clinic desde el otro lado del escritorio al que ambos estaban sentados.

La silla del director crujió, revelando con ello un nervioso movimiento de éste.

–Uno de nuestros empleados en prácticas se olvidó de establecer el número de referencia en su muestra. Sólo comprobó los nombres, los cuales estaban a la inversa. Quiero asegurarle, señor Patrick, que ésta es una circunstancia poco corriente. Realizamos muchos controles para evitar…

–¿Qué implica esto? ¿Qué implica para mí? –interrumpió Ryan, impaciente.

El director de la clínica respiró profundamente.

–Su esperma ha sido inseminado en la mujer equivocada.

Ryan sintió cómo se le ponían tensos los músculos de la tripa. Pensó que aquello sólo sería un problema si…

–Hace dos semanas se confirmó el embarazo de la mujer –añadió el director.

El problema existía. Y era un problema que ponía en peligro el propósito de Ryan de demostrarle a su padre que había sentado cabeza y que estaba preparado para tomar las riendas de la dinastía arquitectónica Patrick. Pero él era un maestro resolviendo problemas. No habría llegado tan alto en la escalera del éxito si hubiera tirado la toalla ante cada obstáculo.

Pensó que era una pena que su propio padre no se diera cuenta de ello.

–¿Hace dos semanas? ¿Y por qué se me está informando ahora? ¿Y qué ocurre con la mujer que contraté como madre de alquiler?

–Descubrimos ayer lo que había ocurrido, cuando la mujer que usted había contratado vino a la clínica porque tenía una cita. No pudimos inseminarla ya que, como usted requirió, sólo teníamos una muestra.

Ryan sólo había dejado una muestra de su esperma porque, debido a la reputación de la que gozaba aquel lugar, había esperado que lo consiguieran a la primera.

–¿Está seguro de que esta otra mujer está embarazada de un hijo mío?

–Sí, señor.

Frustrado, Ryan trató de controlarse. Una vez que había decidido alquilar un vientre para así tener un hijo, había estado meses entrevistando mujeres para obtener a la candidata perfecta… una que tuviera buen aspecto, que fuera inteligente y que gozara de unos buenos genes. Una mujer que no se encariñara con el bebé que llevaría durante nueve meses en su vientre y que no pusiera ningún tipo de problema cuando tuviera que entregarle al niño.

¡Pero en aquel momento, una mujer que él no había elegido llevaba a su hijo en las entrañas!

–¿Quién es ella?

–No puedo revelarle esa información, señor.

Ryan se levantó de la silla, completamente enfurecido.

–¿No puede revelarme la identidad de la mujer que está embarazada de un hijo mío?

–Así es. La confidencialidad...

Ryan pretendía obtener aquella información de una manera u otra. Apretó los puños sobre el escritorio y se echó hacia delante.

–No me fuerce a traer aquí a todo un equipo de abogados. No sólo sería muy costoso para usted, sino que la publicidad negativa que lograría causaría que su clínica desapareciera de la lista de los centros de fertilidad más importantes del país. Estamos hablando de mi futuro hijo y tengo derecho a saber quién es y donde está su madre, así como si ésta está capacitada para ejercer una maternidad digna. Quiero saber todo lo que sepan de ella.

La cara del director de la clínica se tornó completamente roja.

–Señor Patrick, estoy seguro de que comprende que la política de privacidad de la Lakeview...

–Quiero que me dé ahora mismo su nombre y sus datos. Si no, mi equipo legal se pondrá en acción contra ustedes antes de la hora de comer –amenazó Ryan.

El otro hombre se puso tenso. Tragó saliva con fuerza y buscó algo en una carpeta que tenía en el escritorio.

–Estoy seguro de que eso no será necesario –dijo–. La señora Hightower, nuestra otra clienta, parece una persona razonable y comprensible. Una vez que le explique la situación...

–Yo me ocuparé del asunto. Ustedes ya han metido bastante la pata. Pueden intentar camuflar su error con palabras como «incidente», «circunstancia» o «situación», pero lo cierto es que han cometido una negligencia.

El sudor comenzó a correrle por la frente al director de la clínica. Ryan se quedó mirándolo sin parpadear. En cuanto el señor palideció, supo que obtendría lo que quería sin la intervención de sus abogados. Se sintió satisfecho ya que no quería que su padre se enterara de aquel desastre.

–Iré a buscar la información que necesita, señor –confirmó el director de la clínica.

Ryan se echó para atrás en la silla cuando el director salió del despacho. Pensó que lo siguiente que iba a hacer era encontrar a aquella mujer y convencerla de que le entregara el bebé que iba a tener… de la misma manera en la que la madre de alquiler iba a haberlo hecho.

Iba a ser la mejor tía que su bebé podría tener.

Y tendría que ser suficiente. Tenía que serlo.

Nicole Hightower se acarició la tripa, la cual sentía muy alterada, con una mano mientras que con la otra tomaba una galletita salada. Pensó que finalmente iba a tener un bebé de Patrick.

Y de Beth.

Pero recordó que su sueño no estaba marchando tal y como lo había previsto.

Se llevó la galletita a la boca y trató de centrarse en el calendario que tenía delante. Tenía que organizar los pilotos de los clientes, la tripulación y el mantenimiento de los aviones para los siguientes tres meses. Normalmente le encantaba tener felices a los clientes y evitarles todo tipo de estrés, pero aquel día su vida privada estaba distrayéndola de la mucha cantidad de trabajo que tenía.

Supo que renunciar a su bebé sería difícil, pero podría soportarlo ya que no sólo sería su madrina, sino también una tía involucrada en la vida del pequeño… o pequeña. Su hermana se lo había prometido… y Beth siempre mantenía sus promesas. Siempre había podido contar con su hermana mayor… incluso en los momentos en los cuales no había podido contar con sus padres. Llevar dentro de su vientre un hijo para Beth era lo mínimo que podía hacer.

Como su hermana continuaría trabajando en la administración de Hightower Aviation y llevaría el bebé a la empresa todos los días, podría acompañar a Beth durante la hora de la comida y ver al pequeño. Incluso desde su propio escritorio podría observar a su be… a su sobrino o sobrina. Abrió un icono en el escritorio de su ordenador y la guardería de la compañía salió en pantalla. Los encargados de los pequeños estaban muy ocupados cuidando de los adorables hijos de los empleados de HAMC.

Pero en aquel momento sonó el interfono, lo que provocó que regresara a la realidad. Se apresuró en desconectarse con la guardería de la empresa.

–¿Sí?

–Hay aquí un tal Ryan Patrick que quiere verte.

Nicole sonrió ante el error que creía que había cometido su asistente.

–Querrás decir Patrick Ryan.

–No. No estoy hablando de tu cuñado –susurró Lea–. Estoy hablando del guapo hombre de pelo negro, ojos azules e impresionante estatura que está esperando para verte en el área de recepción. La tarjeta de negocios que me ha entregado dice que es el vicepresidente de Patrick Architectural Designs. Por si no lo sabes, es una de las empresas más prestigiosas de Knoxville. ¿Estamos expandiéndonos de nuevo?

–Por lo que yo sé, Hightower Aviation no tiene planeado construir ninguna estructura más.

Tras contestar aquello, Nicole recordó que su hermano mayor, Trent, que era el jefe ejecutivo de la empresa, no le contaba todo. Como hasta hacía poco ella había sido la Hightower más joven, con frecuencia la dejaban al margen de las cosas.

Comprobó su agenda varias veces para asegurarse de que no se había olvidado de ninguna cita y pudo certificar que no esperaba a nadie hasta dentro de una hora. Entonces, como no le gustaba verse con nadie sin estar preparada, introdujo en el ordenador la búsqueda de información de Patrick Architectural Designs. Le aparecieron una serie de enlaces y eligió el que le pareció más útil. Lo abrió y examinó la página web. No había ninguna fotografía del señor en cuestión, sino sólo de los edificios que su estudio de arquitectura había construido. También había una breve historia de la empresa en sí. Y era impresionante.

–Patrick Architectural es una empresa comercial con muchos proyectos por todo el continente –le comentó a su asistente a través del interfono–. ¿Crees que el señor Patrick pueda ser un cliente potencial?

–Prefiero mi fantasía a tu lógica –bromeó Lea.

–Siempre ha sido así, Lea. Hazle pasar.

–Ahora mismo.

Nicole se quitó las migas que habían caído en su blusa de seda y las tiró a la papelera. A continuación metió la caja de galletitas en el cajón de su escritorio. Se levantó en el momento exacto en el que Lea llamó a su puerta y la abrió.

El hombre que entró en su despacho como si poseyera aquel lugar era todo lo que su asistente había dicho y mucho más. Tenía un precioso pelo y unos anchos hombros realmente impresionantes. Sus ojos no eran simplemente azules, sino que poseían una intensa tonalidad cobalto.

Aquel extraño la miró fijamente, como si ella fuera un avión que él estuviera considerando comprar.

Ella tuvo que controlar el impulso de comprobar su escote y la comisura de sus labios por si le habían quedado restos de migas…

–¿Nicole Hightower?

–Sí, soy yo –contestó ella, tendiéndole la mano–. ¿En qué puedo ayudarle, señor Patrick?

El apretón de manos que le dio aquel hombre fue fuerte, cálido, firme y electrizante.

Nicole pensó que haber tenido que renunciar a la cafeína debía de haber tenido unos efectos imprevistos en su organismo ya que, si no, no comprendía por qué había sentido aquel impacto con un simple contacto físico. Apartó la mano educada pero apresuradamente.

La intensa mirada de aquel extraño se dirigió entonces a Lea. Le transmitió algo que intranquilizó intensamente a la pelirroja.

–Me… marcho –dijo ésta.

Sorprendida, Nicole observó a su normalmente imperturbable asistente salir con premura de su despacho y cerrar la puerta tras de sí.

Lea no sólo era una empleada, sino que también era una amiga y, en ocasiones, la línea entre la amistad y las relaciones laborales se difuminaba… como cuando su asistente le había expresado su profunda disconformidad con la decisión que había tomado de

9

convertirse en un vientre de alquiler para su hermana y su cuñado. Pero sólo lo había hecho porque sabía los sentimientos que ella tenía por el marido de su hermana. Ambas habían sido compañeras de habitación en la universidad cuando Nicole se había enamorado perdidamente de Patrick...

–Por favor, siéntese, señor Patrick, y dígame qué puedo hacer por usted.

Al ir a sentarse, se percató de que él no dejaba de mirarla de arriba abajo. El embarazo había aumentado el tamaño de sus senos y esperaba que no hubiera tenido el mismo efecto en su trasero... aunque se dijo a sí misma que no importaba lo que él pensara de su anatomía.

Una vez que ella se hubo sentado en su silla, él hizo lo mismo en la silla que había al otro lado del escritorio.

–Felicidades por su embarazo.

Sorprendida, Nicole se quedó completamente atónita. No había compartido la noticia con nadie más que con Beth, Patrick y Lea. Los futuros papás habían tenido el derecho de saberlo, y Lea la había visto vomitando en varias ocasiones, por lo que había deducido la causa. El resto de su familia y amigos lo descubrirían el sábado, cuando Beth y Patrick realizaran el anuncio oficial del embarazo durante el picnic que solía hacer la familia el Día de los Trabajadores. Ella suponía que la gente que la conocía se quedaría levemente impresionada ante la decisión que había tomado.

–Gracias. ¿Qué le ha traído a Hightower Aviation?

–El hecho de que el niño que lleva en su vientre es hijo mío.

Aquella afirmación impactó a Nicole, la cual se echó para atrás en la silla.

–¿Perdóneme?

–La clínica de fertilidad cometió un error y la inseminaron a usted con mi esperma en vez de con el de su donante.

–Eso no es posible –contestó ella, sintiéndose mareada. Agarró con fuerza el borde de su escritorio.

Observó cómo su visita buscaba algo en el bolsillo de su abrigo, cómo sacaba un sobre de éste y se lo ofrecía. Pero no pudo tomarlo ya que se había quedado físicamente inmóvil.

Él dejó el sobre encima del barnizado escritorio y pudo ver que Nicole lo miraba como si fuera una venenosa araña.

–El director de la clínica ha escrito una carta explicando la situación. En resumen, mi nombre es Ryan Patrick y el nombre del donante que propuso usted es Patrick Ryan. No se comprobaron las referencias y la inseminaron con el esperma erróneo ya que algún imbécil no se percató de que había una coma.

Ella se sintió invadida por el horror y le dio un vuelco el corazón.

–No. Usted debe de estar equivocado.

–Léalo usted misma.

Nicole se quedó mirando el sobre. Sintió miedo de abrirlo. Pero se percató de que no podía demostrar que aquel hombre estaba equivocado si no lo abría. Le temblaron las manos al ir a tomarlo.

Le pareció que el sonido que emitió al abrir el sobre y desdoblar la hoja que había dentro fue anormalmente alto. La carta tenía impreso el logotipo de Lakeview en la parte superior y estaba firmada por el director de ésta. Se forzó en leer el documento.

Ciertas palabras captaron su atención. *Desafortu-*

11

nado error… Confusión de donantes… Sinceras disculpas…

Ella se llevó una mano a su alterado estómago y dejó caer la carta.

–Debe de haber algún tipo de error.

–Sí. Lo cometieron en la Lakeview Fertility Clinic. Y debido a ese error, usted está embarazada de un hijo mío.

–Eso no puede ser.

–Desearía que lo que usted dice fuera verdad.

Nicole se quedó mirando la cárta y comenzó a plantearse las posibles repercusiones de aquello. Repercusiones para Beth y Patrick. Para el hombre que tenía delante. Incluso para ella misma. Pero era demasiado para poder asimilarlo.

Se forzó en comportarse con profesionalidad y la mejor manera de hacerlo era centrarse en el problema de aquel Ryan Patrick en vez de en el suyo propio.

–Lo siento. Esto debe de ser muy difícil para su esposa y usted.

–No estoy casado.

–Entonces… para su novia.

–Tampoco tengo novia.

Aquello confundió a Nicole por completo.

–Me temo que no comprendo la situación.

–Voy a ser un padre soltero.

–Eso no es inusual para una mujer, pero… ¿no es un poco extraño para un hombre? ¿No se podría usted simplemente casar?

–Ya he estado casado y no pretendo volver a hacerlo.

Ryan Patrick sacó un segundo sobre de su bolsillo y lo dejó delante de ella.

–Estoy dispuesto a ofrecerle la misma cantidad de

dinero y apoyo médico que le ofrecí a la mujer que contraté como vientre de alquiler.

–¿Alquiló un vientre? –preguntó Nicole, impresionada.

Se preguntó a sí misma por qué un hombre con el aspecto de aquél necesitaría pagarle a nadie para que se embarazara de un hijo suyo. Estaba segura de que tendría miles de mujeres suplicándole que les diera a ellas el privilegio.

–Contraté a una mujer muy bien cualificada. Llevé a cabo un intenso proceso de selección.

A Nicole no le hizo gracia lo que había implicado él; que ella no estaba tan bien cualificada para tener un hijo suyo. Por segunda vez aquella misma mañana, se forzó en leer algo que no quería y tomó el contrato.

Impresionada, miró el documento en el cual aparecía su nombre en los lugares adecuados.

–¿Usted quiere comprarme mi bebé?

–Es un contrato de servicios. Usted me proporciona un producto y yo le pago por éste, así como por el uso de su cuerpo –contestó Ryan con frialdad.

¿Un producto? A ella no le hizo gracia alguna aquella expresión y se sintió invadida por una intensa actitud posesiva. Se abrazó a sí misma por la cintura. Hasta aquel momento había estado dispuesta a entregarle su bebé a Beth y a Patrick. Con dignidad. Sin pelea alguna. Pero de ninguna manera iba a venderle su futuro hijo a aquel extraño.

–Ha perdido la cabeza, señor Patrick.

–Es mi hijo.

–También es mío. Es mi óvulo. Mi cuerpo. Mi tiempo.

–Las condiciones de mi contrato son bastante generosas.

Nicole le lanzó el documento para devolvérselo, pero él no hizo ningún esfuerzo para tomarlo y las páginas quedaron esparcidas por el escritorio.

–No me importan sus condiciones. Vuelva a utilizar el vientre de alquiler que había contratado.

–¿Y olvidarme de que voy a ser padre de un niño?

–Sí. Usted no tiene ninguna atadura sentimental con nosotros ni ninguna obligación financiera. Puede tener otro bebé más fácilmente de lo que lo puedo hacer yo. Tendré que llevar en mi vientre a este niño durante nueve meses y su contribución sólo duró unos segundos.

–Sólo está embarazada de ocho semanas. Todavía no ha tenido tiempo de crear ningún lazo afectivo…

–Usted no tiene ni idea de lo que está hablando.

Ella había comenzado a querer al bebé desde el primer momento en el que había notado que sus papilas gustativas habían comenzado a enloquecer… pocos días después de la concepción e incluso antes de haberse realizado la prueba de embarazo.

–Lo siento, no voy a creer su historia sin ninguna prueba.

–Pero ya la tiene –contestó Ryan, asintiendo con la cabeza ante la carta del director de la clínica.

–Esto no es suficiente –aseguró Nicole. Pensó que, si era necesario, analizaría personalmente los archivos de la clínica. Y si aquello no funcionaba… siempre quedaba el recurso de una prueba de ADN. Se preguntó cuándo se podría realizar y si sería seguro para el bebé.

–Usted sólo tiene veintiocho años. Le queda tiempo más que suficiente para tener otros hijos –comentó el señor Patrick, esbozando una dura mueca.

–Pues usted no es precisamente un anciano.

–Tengo treinta y cinco años.

–Las mujeres tienen menos años fértiles que los hombres. Usted podrá seguir teniendo hijos durante cincuenta años más.

–Quiero tener un hijo ahora –respondió él, irritado–. Y no me voy a marchar para darle la oportunidad de que me denuncie con la intención de obtener una cuantiosa manutención.

Ella pensó que aquel estúpido hombre tenía una personalidad terrible. Normalmente siempre encontraba algo que podía gustarle en la gente… incluso en las personas más difíciles. Pero con Ryan Patrick no le había ocurrido lo mismo. Lo único que le había gustado del hombre era su apariencia física, que era maravillosa.

Respiró profundamente y se recordó a sí misma que cualquier problema podía ser resuelto con paciencia, educación y perseverancia. Aquella regla nunca le fallaba.

–Yo jamás haría algo así, señor Patrick. No quiero, ni espero, nada de usted.

–¿Espera usted que yo acepte tan fácilmente la palabra de una extraña? –contestó Ryan.

–No me interesa su dinero y estoy dispuesta a que mi abogada redacte un documento en el cual se le libre a usted de toda responsabilidad –aseguró Nicole.

–Eso sería inútil: usted tendría dieciocho años para cambiar de idea.

Ella sintió ganas de abofetearlo.

–Señor Patrick, no podría entregarle este bebé incluso aunque quisiera… lo que no es el caso.

A continuación se llevó las manos a la tripa y repitió las palabras que se habían convertido en su mantra desde que se había comprometido con aquel plan.

–Este bebé no es mío. Voy a tenerlo para mi hermana y mi cuñado.

Quienes quizá no querrían el bebé si no era hijo de Patrick...

El pánico se apoderó de ella al contemplar aquella posibilidad y sintió cómo el sudor le recorría el cuerpo. Se preguntó qué iba a hacer. Lo único que tenía claro era que no iba a entregarle el bebé a aquel estúpido neandertal que actuaba como si renunciar a su hijo fuera tan fácil como darle limosna a un mendigo.

–¿Le ha alquilado su vientre a otras personas?

–Sí. Patrick Ryan es mi cuñado –contestó Nicole.

–¿Cuánto le está pagando?

–Nada –respondió ella, consternada–. Esto es un regalo –añadió, echándose para atrás.

–Yo le ofrezco cien mil, más gastos extras. Usted va a renunciar al niño de todas maneras... ¿por qué no entregármelo a mí? El año que viene podrá tener el niño de su cuñado.

–No soy una yegua de cría –dijo Nicole, completamente alterada.

–Yo haré que merezca la pena –aseguró él.

–No, gracias. Les di mi palabra –sentenció ella, la cual quería hacer algo por su hermana, en vez de que ésta siempre estuviera sacrificándose para beneficiarla. Le debía mucho a Beth.

–Diles que has cambiado de idea. Si el óvulo es tuyo, entonces el bebé no le pertenece ni a tu hermana ni a su marido.

–Firmé un contrato –explicó Nicole, más para ella misma que para Ryan. Aunque se preguntó a sí misma si el contrato era válido incluso si el bebé no era de Patrick.

–Los contratos pueden romperse.

Nicole pensó que tenía que hablar con su abogada antes de enfrentarse a los aspectos legales de todo aquello.

–Usted no comprende. Yo seré la tía de este niño. Lo veré prácticamente todos los días. Podré verlo, o verla, crecer y seré parte de su vida. Seguiré siendo su familia.

Tras decir aquello, se percató de que aquella idea había parecido mucho mejor antes de que se confirmara el embarazo.

–Vuelva a ponerse en contacto con la mujer que contrató como vientre de alquiler.

–Usted está embarazada de mi primogénito y los primogénitos Patrick han tomado el relevo de la empresa familiar desde hace tres generaciones.

–¿Y qué ocurriría si mi futuro hijo no quiere ser arquitecto?

–¿Por qué no iría a querer serlo? –preguntó Ryan, levantando una ceja.

–Porque yo no tengo vena artística y tal vez él o ella salga a mí.

–O tal vez salga a mí y será un extremadamente buen arquitecto. No convierta esto en una batalla legal, señorita Hightower.

La amenaza del señor Patrick estaba más que clara. Ella sintió cómo se le ponían rígidos los músculos de la espina dorsal y cómo se le aceleraba intensamente el corazón. Volvió a abrazarse la cintura de manera protectora…

–Éste es mi bebé.

–¿Seguro? ¿No me ha dicho que ha firmado un contrato para entregarlo en cuanto nazca? Como padre biológico del niño, probablemente tenga más derecho a tenerlo conmigo que usted.

Nicole se sintió aterrorizada. Sintió mucho miedo de que lo que había dicho él fuera cierto. Pero pensó que no iba a rendirse sin pelear. Entonces miró a los ojos al señor Patrick a modo de reto.

Las facciones de éste reflejaron cierta tensión, lo que le dejó claro que había recibido el mensaje.

Ryan se levantó y ella hizo lo mismo para estar a su mismo nivel. Pero, aun así, tuvo que alzar la cabeza. Se dio cuenta de que él era más alto de lo que había pensado.

—Esta conversación se ha terminado, señor Patrick, hasta que yo hable con mi abogada.

—Hágalo. Mi abogado la telefoneará a usted. Pero le advierto, señora Hightower, que yo siempre obtengo lo que quiero y ejerceré de padre con mi futuro hijo. No se ponga las cosas difíciles, acéptelo y no prolongue esta situación.

Tras decir aquello, Ryan Patrick se dio la vuelta y se apresuró en salir del despacho de Nicole. Se llevó con él todo el oxígeno que quedaba en la sala.

Ella se sentó en la silla de su escritorio e intentó recuperar las fuerzas, aunque se sentía invadida por la adrenalina. Se dijo a sí misma que tenía que hacer algo para detener a aquel hombre. Si éste se salía con la suya, tal vez nunca vería a su bebé. Y no iba a permitir que eso ocurriera.

Capítulo Dos

Nicole pensó que aquél era su día para recibir malas noticias.

Consternada, se quedó mirando a la mujer que tenía delante.

—¿Estás diciendo que él tiene razón? ¿Ryan Patrick tiene más derecho a quedarse con mi bebé que yo misma?

Su abogada esbozó una comprensiva sonrisa, pero no pudo ofrecerle mucho ánimo.

—Lo siento, Nicole. En la clínica me han confirmado su historia. Hubo una confusión. Biológicamente, este bebé es suyo, a no ser que una prueba de ADN confirme lo contrario.

—Mi ginecóloga me dijo que no puedo realizar una prueba de ADN mientras el bebé está todavía en mi vientre sin correr riesgos significativos para él. Así que eso no se puede hacer —contestó Nicole, la cual, aterrorizada, había telefoneado a su abogada en cuanto Ryan Patrick había salido de su despacho—. No creo que pueda soportar nueve meses más de incertidumbre.

—Lo comprendo. En realidad no es necesario ya que el número de referencia de Ryan Patrick… el número de referencia de su contribución… se encontró escrito en tu informe. Es una pena que el médico no lo comprobara antes de inseminarte.

En aquel momento, Nicole fue consciente de que estaba embarazada de un completo extraño.

No estaba embarazada de Patrick.

Decepcionada, sintió cómo la impotencia y la frustración la embargaban por dentro.

–El contrato que firmé con mi hermana y con mi cuñado, ¿sigue siendo válido aunque el bebé no sea de Patrick?

–Los términos del contrato establecen que les vas a entregar un niño y que no tienes ninguna intención de reclamar al pequeño. No especifica la paternidad. El acuerdo está bastante claro. Tu hermana y tu cuñado utilizaron los vocablos adecuados para protegerse en caso de que tú cambiaras de idea.

Nicole sintió cómo un intenso peso se apoderaba de su pecho.

–No quiero que Ryan Patrick obtenga la custodia. Si lo hace, tal vez yo nunca tendré contacto con mi pequeño. Por lo menos Beth me prometió dejarme participar en la vida del niño.

–Pero tu hermana no te hizo esa promesa por escrito –contestó su abogada–. Por lo que no podríamos alegarla si vamos a juicio. Me gustaría poder decir que las posibilidades de que el señor Patrick obtenga la custodia son muy pocas, pero ése no es el caso.

La abogada hizo una pausa para tomar aire.

–Ésta no es tu pelea, Nicole, a no ser que decidas intentar revocar el contrato que firmaste con tu hermana y cuñado, cosa que puedo asegurarte sería una batalla dura y costosa. Si eliges ese camino, primero tendrías que pelear contra Beth y Patrick. Y el ganador de esa pelea lucharía después contra el padre de tu futuro hijo por quedarse con el bebé

–Si rompiera el contrato que firmé, rompería las relaciones que tengo con mi familia. No lo haré. Ellos son demasiado importantes para mí.

Su abogada asintió con la cabeza.

–Entonces lo primero que tienes que hacer es hablar con Beth y Patrick. Diles lo que has descubierto y asegúrate de que todavía siguen queriendo adoptar este bebé. La decisión que tomen determinará tu próxima acción.

La idea de tener que enfrentarse a su hermana y cuñado, así como el miedo a lo que éstos fueran a decirle, provocó que Nicole se sintiera muy intranquila y mareada. Pensó que su sueño de tener al hijo de Patrick se había convertido en una pesadilla.

–Si Beth y Patrick ya no quieren este bebé, ¿puedo quedármelo yo?

–Tus oportunidades de ganar de una manera u otra no son buenas. El día que firmaste el contrato en el que renunciabas al bebé a favor de tu hermana y de tu cuñado, conscientemente formaste parte de un acuerdo sin ninguna intención de ejercer de madre. En algunos casos similares que se dieron en Texas y California, le otorgaron la custodia al padre.

Aquello no era lo que Nicole quería oír, pero pensó que, aunque pudiera quedarse con su futuro hijo, no sabría ser una buena madre. Sus padres no le habían dejado un buen ejemplo. Normalmente habían pasado más tiempo fuera de casa que con sus hijos y, cuando habían estado en su hogar, habían estado centrados en sí mismos. No había sido una situación muy agradable, a pesar del frente unido que habían presentado ante la sociedad.

–Mientras tanto… –continuó su abogada– voy a presentar una demanda contra la clínica. Aparte del error de fecundación que cometieron, han violado muchas leyes sobre privacidad al revelarle al señor Patrick tu identidad sin seguir el procedimiento legal.

–Supongo… supongo que sí que tenemos que denunciarles para evitar que le vuelvan a hacer lo mismo a otra persona. Esta tarde hablaré con Beth y Patrick –dijo Nicole, la cual temía aquella conversación más que nada de lo que había tenido que hacer en su vida… aparte del hecho de haber tenido que felicitar al hombre que amaba por casarse con su hermana.

–Nicole, te recomendaría que fueras amable con el señor Patrick. Durante mis treinta años de experiencia profesional he aprendido que es mejor que las partes se lleven lo mejor posible entre sí… ya que, si no, el asunto se pone muy feo y finalmente sale muy caro. La gente se olvida de hacer lo que es correcto y comienza a luchar para ganar, cueste lo que cueste.

El silencio de Beth y Patrick habló por ellos… como también lo hizo la mirada que intercambiaron entre sí.

Nicole sintió cómo le daba un vuelco el estómago mientras esperaba la respuesta de ambos.

–Pero el bebé todavía es vuestro… si lo queréis.

–Desde luego que lo queremos, Nicole –contestó Beth, sonriendo pacientemente–. El niño es tuyo y, por lo tanto, es familia nuestra.

Nicole se sintió muy aliviada ante aquella respuesta.

–Beth, una batalla legal podría ser muy cara –señaló Patrick con su habitual pragmatismo.

–Este bebé es un Hightower, querido –dijo Beth–. No podemos permitir que ese hombre rompa nuestra familia.

Sintiéndose invadida por los celos, Nicole observó cómo su hermana y Patrick intercambiaban otra larga y elocuente mirada. Durante los tres meses en los cuales había salido con Patrick antes de haberlo llevado a su casa para que conociera a sus padres y hermanos, jamás había compartido con él aquel tipo de comunicación silenciosa. Aunque se recordó a sí misma que Beth y Patrick llevaban casados varios años, por lo que habían tenido tiempo de desarrollar aquel tipo de habilidad. Si hubiera sido ella la que se hubiera casado con él, seguramente también habría disfrutado de aquel vínculo especial…

Pero Patrick había preferido a su hermana y ella había querido verlo feliz… aunque no fuera a su lado. Él había sido el único hombre que se había ganado su corazón.

–Beth –protestó Patrick.

–Nicole está haciendo este acto tan generoso por mí, por nosotros, para compensarme por haber cuidado de ella cuando crecimos. ¿Cómo podría yo rechazar un regalo tan desinteresado? Y, además, tú y yo queremos tener un bebé más que nada en el mundo, ¿no es así?

–Efectivamente. Más que nada en el mundo.

Nicole se preguntó a sí misma si el tono de voz de Patrick no reflejaba cierta amargura y resentimiento. Pero se dijo que no, que debía de ser sólo el efecto de lo decepcionado que se había quedado ante las malas noticias. Él y Beth habían estado intentando tener un hijo propio durante más de tres años. Los médicos no habían encontrado en ninguno de los dos ninguna posible causa para su incapacidad de concebir.

Gracias a Dios, ella se había quedado embarazada en el primer intento. Si no…

Habría recuperado la cordura, tal y como le había

23

dicho Lea. Pero ésta no comprendía lo mucho que Beth había sacrificado por ella. Entre otras muchas cosas había renunciado a tener citas, a asistir a su promoción, así como a la universidad, simplemente para ser capaz de cuidar y otorgarle a su hermana pequeña una niñez normal.

–Esto podría terminar siendo muy caro –persistió Patrick–. Ya sabes cuánto dinero nos hemos gastado en…

–En prepararnos para el bebé –contestó Beth, esbozando una tensa sonrisa–. Sí, cariño, lo sé. Pero Nicole no tiene que preocuparse por eso. Lo que ella necesita es que alguien se ocupe de su pequeño problema y resolver problemas es lo que yo hago mejor –añadió, dirigiéndose entonces a su hermana–. No te preocupes por nada. Tu hermana mayor se ocupará de todo. Como siempre.

Nicole pensó que, en aquella ocasión, tal vez las cosas fueran distintas. No estaba segura de que la inteligente Beth fuera a ser capaz de impedir que Ryan Patrick lograra su objetivo.

Cuando Nicole llegó con varios recipientes de comida en las manos al patio delantero de la casa de su hermana, donde vio aparcado un descapotable negro, pensó que su bebé crecería feliz en aquel lugar. Beth y Patrick habían comprado aquella preciosa vivienda de dos plantas, que poseía un bonito y grande jardín trasero, con la idea de tener una familia.

Se dijo a sí misma que no podía desear más para su futuro hijo y que había tomado la decisión correcta. Todo lo que tenía que hacer era evitar que Ryan Patrick estropeara sus planes.

El olor a carne asada que impregnaba el aire le hizo la boca agua y, afortunadamente, la distrajo de sus negativos pensamientos. No había parado desde que se había levantado a las cinco de la madrugada y sólo había tomado una barra de cereales para desayunar, junto con sus vitaminas prenatales.

Como siempre hacía, entró en casa de su hermana por la puerta lateral y comprobó la cocina, en la cual no encontró a nadie. Le pareció extraño ya que había muchas cosas que hacer antes de que los invitados llegaran al mediodía. Pensó que probablemente Beth y Patrick estaban vistiéndose.

Colocó la comida que había llevado consigo en la encimera de la cocina y metió las bebidas en la nevera. Decidió encender el horno a temperatura baja y comenzar a calentar algunos platos. A continuación salió al patio trasero de la casa y sonrió. El tiempo del que estaban disfrutando durante aquel primer fin de semana de septiembre no podía ser más perfecto para un picnic. El cielo estaba despejado y la temperatura era muy cálida.

Observó que las mesas adicionales que ella había alquilado ya habían sido entregadas en la casa y colocadas en el hermoso césped del jardín. Estaban decoradas con bonitos manteles rojos y blancos, así como adornadas con flores. Todo tenía muy buen aspecto. Era el lugar ideal para anunciar que la familia iba a crecer.

Entonces se percató de que, junto a la enorme parrilla que había a un lado del jardín, había un larguirucho hombre.

—Buenos días —dijo al acercarse a él, tendiéndole la mano—. Soy Nicole Hightower.

El hombre asintió con la cabeza y le estrechó la mano.

–Bill Smith. Soy el chef que han contratado. Hace un día maravilloso para realizar un picnic.

–Así es. ¿Tienes todo lo que necesitas, Bill?

–Sí, señora. La carne de cerdo ya está casi preparada y acabo de meter el pollo. Prepararé las brochetas de verduras en unos minutos.

–Excelente –contestó Nicole–. Por favor, toma un té o una soda, y no dudes en pedirme lo que necesites.

–Gracias.

Ella levantó la tapa de una de las neveras que habían instalado junto a la parrilla y pudo ver que estaba llena de hielo, latas de soda y botellas de agua. En otra había champán. Pensó que todo estaba perfecto y que, sin lugar a dudas, volvería a contratar aquel servicio de *catering*.

Beth odiaba planear eventos y por eso ella siempre se había encargado de hacerlo, cosa que no le había importado ya que siempre había sentido cierta obsesión por asegurarse de que las cosas marcharan bien.

Era una tradición de su familia celebrar un picnic el Día del Trabajo… tradición que había comenzado ella misma tras la boda de su hermana con Patrick. La celebración de aquel año era especial ya que no sólo iban a anunciar la llegada de un nuevo miembro a la familia, sino que también iban a tener la presencia de una hermanastra suya de la cual nadie había sabido nada hasta hacía un mes, cuando ésta se había presentado en la puerta de la empresa y su madre había insistido en que le dieran un puesto de trabajo en Hightower Aviation.

Haberse percatado de lo… libre que había sido Jacqueline Hightower afectuosamente, había sido levemente perturbador. En el pasado, todo el mundo, incluyendo a su padre, había fingido no darse cuenta de las

26

indiscreciones de ésta… y nadie hablaba de sus infidelidades. Pero con la presencia de aquella hermanastra en la fiesta iba a ser difícil continuar haciéndolo. Lo que no comprendió fue cómo había logrado su madre esconder una hija durante veinticinco años…

Cuando entró de nuevo en la casa de su hermana, oyó la voz de ésta proveniente del salón. El tono que estaba empleando no era el que normalmente utilizaba al hablar con Patrick. Pensó que algunos de los invitados a la fiesta debían de haber llegado antes de tiempo… tal vez el dueño del descapotable negro que había visto en el patio delantero de la casa.

–El niño no es suyo.

Al oír aquella profunda voz, Nicole se quedó paralizada en el vestíbulo.

Ryan Patrick estaba allí. Hablando con Beth.

–El bebé es de Nicole –contestó Beth.

–Cariño… –terció Patrick con su dulce y paciente tono de voz– te das cuenta de que el señor Patrick está ofreciéndonos mucho dinero si hacemos lo que pide.

Nicole sintió cómo se le quedaba la boca seca y se le aceleraba el corazón. Se sintió invadida por el pánico. Aquel taimado malnacido estaba tratando de sobornar a su hermana y cuñado para que le entregaran su bebé. Se apresuró en entrar al salón.

–¿Cómo se le ocurre actuar a mis espaldas? –espetó.

–Estoy dirigiéndome a las personas que tienen el poder de tomar decisiones… –contestó Ryan, levantándose de la silla de cuero en la que había estado sentado– como la decisión adecuada de permitir que este niño viva con su padre natural.

–Ya se lo dejé muy claro; no va a quedarse con este bebé.

–Si ha consultado a su abogada, sabrá que no tiene nada que decir al respecto –respondió él.

Nicole se dijo a sí misma que, si quería sacar algo positivo de aquella situación, tenía que mantener la calma y ser agradable con aquel estúpido.

–¿Puedo hablar un momento afuera con usted? –le preguntó a Ryan, esbozando una sonrisa tan tensa que hasta le dolieron las mejillas.

Él asintió con la cabeza hacia la puerta.

Tratando de ignorar el delicioso aroma de su fragancia masculina, ella lo acompañó al vestíbulo principal y le indicó que la siguiera hasta la puerta trasera de la casa. Observó cómo Ryan se apresuraba en abrir ésta. Entonces salió al jardín y se dirigió hacia el cenador que había al fondo de éste… con el padre de su futuro hijo siguiéndola demasiado de cerca.

Una vez dentro de la estructura de madera rodeada de jazmín, puso cuanta distancia fue capaz entre ambos antes de darse la vuelta y mirarlo a la cara. Se preguntó cómo podría hacerle razonar. Y decidió por comenzar a tutearlo.

–¿Tienes hermanos, Ryan? –le preguntó, sintiéndose extraña al decir su nombre.

–No.

–Entonces no puedes comprender lo importante que es para mí tener este hijo para mi hermana.

–Eso es irrelevante. No es hijo de tu hermana, es mío –contestó él, tuteándola a su vez.

Nicole no podía discutir aquello. Respiró profundamente e intentó una táctica diferente.

–Mi hermana ha estado deseando tener un hijo desde hace años y querrá a éste como si fuera suyo. ¿Cuánta experiencia tienes con niños?

–Aprenderé lo que necesite saber.

Ella pensó que iba a ser muy difícil convencer a aquel hombre tan testarudo de que el bebé estaría mejor con su hermana y Patrick que con él.

–Como puedes observar, vamos a celebrar una fiesta dentro de pocos minutos. Va a asistir nuestra familia y algunos amigos, así como también ciertos vecinos. Por favor, acompáñanos.

–¿Por qué? –preguntó Ryan, frunciendo el ceño.

–Para que veas la maravillosa vida que Beth y Patrick pueden ofrecerle a este bebé. El niño crecerá rodeado de una amorosa familia. Él o ella tendrá muchos tíos y, dentro de poco, también primos. Mi cuñada sale de cuentas sólo unos pocos meses antes que yo.

–No me harás cambiar de idea.

–Todo lo que te pido es que te des cuenta de lo que quieres negarle a este niño. Quédate con nosotros… a no ser que seas alérgico a la buena comida y a una excelente compañía –insistió Nicole.

Ryan aceptó aquel reto y asintió con la cabeza. Pero su abrasadora mirada le dejó claro a Nicole que no iba a ponerle las cosas fáciles. Ésta supo que el futuro de su bebé y su papel en la vida de éste dependían de su éxito en lograr que Ryan Patrick accediera a marcharse con las manos vacías.

Había cuarenta personas congregadas en el jardín de Beth y Patrick. Pero Ryan tenía puesta toda su atención en sólo una. En Nicole Hightower.

No comprendía por qué le resultaba atractiva ya que no era el tipo de mujer que normalmente le atraía. Le gustaban las mujeres tranquilas y con curvas. Nicole estaba demasiado delgada y era muy inquieta. No sólo no podía estarse quieta durante más de treinta segundos, sino que su figura no tenía las lustrosas caderas que él había admirado en la mujer que había contratado como vientre de alquiler. Aunque no tenía ningún problema en imaginársela dando de mamar a un bebé con los pequeños pero firmes pechos que se perfilaban debajo del vestido de tirantes que llevaba.

Aunque pensó que aquella situación no iba a darse con su hijo. Una niñera alimentaría a su bebé con biberón desde el día en que éste naciera.

Nicole lo miró con sus ojos color aguamarina y le dejó muy impactado... como ya había hecho en varias ocasiones aquella misma tarde con las miradas que le había dirigido. Cada vez que sus miradas se encontraban, sentía cómo le daba un vuelco el estómago.

Tenía claro que no quería otra relación con ella aparte de una contractual. Si todo salía como esperaba, Nicole daría a luz a su hijo, se lo entregaría y desaparecería de su vida de inmediato.

Ella asintió con la cabeza ante la cerveza de él y Ryan negó con la cabeza. Beber en exceso no era buena idea cuando sentía aquella atracción sexual... a no ser que pretendiera terminar en la cama con el objeto de su deseo. Ya había hecho aquello demasiadas veces en el pasado, tantas que había provocado que su padre estableciera la estúpida estipulación de que tenía que demostrar que había madurado y que poseía estabilidad en su vida si quería tomar las riendas de Patrick Architectural. Si fallaba, su progenitor había amenazado con vender la empresa cuando se jubilara al verano siguiente. Y aquello hacía necesario que ignorara la química que existía entre Nicole y él ya que mantener una nueva aventura no le ayudaría en nada... sin importar lo apasionada que ésta pudiera llegar a ser.

Observó como una ráfaga de aire alborotaba el ondulado y largo pelo castaño de ella. Pensó que genéticamente aquella mujer produciría un niño guapo. En realidad era más atractiva que la mujer que él había contratado como vientre de alquiler. Nicole tenía unas facciones muy bonitas y una sonrisa preciosa... salvo cuando lo miraba a él.

De otra cosa que se había percatado aquella tarde había sido de que ella era muy cariñosa. Cada vez que se le acercaba alguien, le acariciaba el brazo, el hombro, o directamente le daba un beso en la mejilla. Por esa misma razón él había mantenido las distancias... no quería volver a sentir la corriente eléctrica que le había recorrido el cuerpo cuando ambos se habían dado la mano al conocerse. La química entre dos personas era algo estupendo. A no ser que no se deseara...

Analizó a los miembros de la familia Hightower que se encontraban reunidos en el jardín. Se dijo a sí mismo que seguro que cuando Nicole tuviera cuarenta años más tendría el mismo aspecto de su madre. Las dos poseían la misma delicada figura y las mismas facciones. Pero la manera de comportarse de ambas era diametralmente opuesta. Mientras que Nicole era amigable pero reservada, su madre era insinuante, sociable y sexualmente consciente de cada movimiento que realizaba.

El padre de Nicole, una persona silenciosa y solitaria, sólo hablaba con aquéllos que se le acercaban. Los hermanos mayores y gemelos de ella eran idénticos, pero uno era un vividor y el otro parecía ser un hombre infelizmente casado que miraba con demasiada frecuencia a las jovencitas reunidas en la fiesta.

Estuvo observando a algunos de los vecinos y amigos de la familia hasta que centró su atención en Beth y Patrick Ryan, los cuales se encontraban apartados en una esquina del jardín. Estaban discutiendo. De nuevo. Él mismo les había visto discutir en varias ocasiones durante las anteriores tres horas.

Tal vez Nicole creyera que aquél era el entorno perfecto para criar a un niño, pero él percibía que las cosas no eran tan dulces como aparentaban ser en aquel paraíso aburguesado. La tensión entre la pareja podía palparse desde la distancia. Y aquélla era una razón más para asegurarse de obtener la custodia de su futuro hijo. No quería que éste se convirtiera en el objeto de pelea en un feo procedimiento de divorcio… como le había ocurrido a él.

Beth le recordaba a su madre, la cual también había tenido la misma actitud de mártir, actitud que había adoptado tras haberse divorciado de su padre cuando él había tenido sólo diez años. Millicent Patrick había pasado los siguientes ocho años utilizándolo para atacar a su ex marido.

Tanto su padre como él adoraban la arquitectura y comprendían que ésta era la única amante que podían tener… ya que no podían confiar en las mujeres. Él mismo había aprendido la lección de una manera muy dura gracias a su ex mujer…

Captó su atención la menor de los Hightower. Ésta se parecía a su madre y a Nicole, pero no encajaba en aquel lugar. El sonido de su Harley, que había alterado la paz del vecindario, se lo había dejado claro desde el principio. Precisamente en ese momento, la joven levantó la vista y sus miradas se encontraron, tras lo cual comenzó a acercarse a él. Iba vestida con pantalones vaqueros y botas de cuero negro.

–No pareces ser uno de los estirados vecinos de Beth –comentó la muchacha al detenerse frente a Ryan.

–Ryan Patrick –se presentó él, tendiéndole la mano–. Y no, no vivo en este vecindario.

Ella pareció quedarse sorprendida al oír aquel nombre, pero no realizó ningún comentario.

–Yo soy Lauren Lynch.

–¿No eres una Hightower? –preguntó él, para quien el parecido entre aquella muchacha y Nicole era más que evidente.

–Jacqueline es mi madre, pero William no es mi padre. Mi padre murió hace un par de meses –explicó Lauren–. Antes de que te vuelvas loco tratando de comprender la situación, te diré que mi madre tuvo una aventura con un piloto de Hightower Aviation, y yo soy el resultado. Mi madre me dio a luz, me dejó con mi padre y regresó con su marido y con sus demás hijos.

–Siento mucho lo de tu padre –respondió Ryan, comprendiendo la tensión existente entre Lauren y el resto de sus hermanos.

–Gracias. Perder a mi padre fue duro, pero su fallecimiento me ha dado la oportunidad de conocer una familia que no sabía que tenía. ¿Y qué te trae a ti aquí? ¿Eres cliente de Hightower Aviation?

Ryan no se sintió preparado para revelar la verdad.

–Todavía no, pero estoy considerando contratar los servicios de la compañía.

Tener acceso privado a un avión haría su vida más fácil ya que viajaba por todo el país de manera regular. Lo que en realidad quería hacer era contratar a una Hightower… pero no para volar.

–¿Estás casado? –preguntó Lauren.

–Divorciado. ¿Y tú?

–De ninguna manera. Nunca me he casado y probablemente nunca lo haré. ¿Tienes hijos?

–Todavía no.

–¿Puedo darte un consejo? –preguntó entonces ella, mirándolo fijamente.

–Claro –contestó él, preguntándose sobre qué querría aconsejarle Lauren.

–Seguramente Nicole sea la más decente del grupo. Tal vez incluso pueda decir que es la única Hightower decente, pero va a ser un hueso duro de roer porque… Bueno, simplemente lo es. Dejaré que tú mismo descubras las razones. Acércate a ella. Merece la pena.

–¿Qué te hace pensar que estoy interesado en Nicole?

Lauren sonrió y se llevó a la boca la botella de cerveza que tenía en la mano para dar un pequeño trago.

–Quizá haya sido la manera en la que has estado observándola durante toda la tarde.

Ryan pensó que la hermanastra de Nicole tenía razón; había posado su mirada en ésta en numerosas ocasiones para lograr conocer un poco a la madre de su futuro hijo. Se percató de que en aquel momento Nicole se había unido a su hermana y cuñado. Los tres estaban disfrutando de una animada conservación. Observó cómo ella se colocaba una protectora mano sobre la tripa y lo buscaba con la mirada. No sabía qué había dicho su hermana para disgustarla, pero la angustia que reflejaba la cara de Nicole era obvia.

–Adelante –le animó Lauren.

–¿Adelante para qué?

–Para que la rescates. Sabes que quieres hacerlo.

–¿Es Nicole del tipo de persona que necesita que la rescaten? –preguntó él.

–Digamos que, si yo fuera ella, le habría dicho hace mucho tiempo a este grupo de sanguijuelas que se fuera al infierno. Pero se supone que ella es quien debe mantener la paz.

A Ryan le pareció que Lauren tenía la cabeza muy bien amueblada.

–Encantado de haberte conocido, Lauren.

–Lo mismo te digo, Ryan. Y buena suerte.

Él pensó que no iba a necesitar suerte. Tenía la ley de su lado. En ese momento se acercó al trío.

–¿Hay algún tipo de problema?

Beth negó con la cabeza y esbozó una falsa sonrisa… como todas las que le había visto esbozar.

–Hemos decidido no anunciar hoy el embarazo de Nicole.

A Ryan le gustó la idea ya que le daría más tiempo para establecer una nueva estrategia.

Pero se preguntó por qué aquella decisión había disgustado a Nicole. La miró a la cara, pero no encontró en ésta ninguna respuesta.

Lo que tenía claro era que debía dividir a aquel trío que quería quedarse con su futuro hijo. Y tenía que comenzar por el elemento más débil. El cuñado de Nicole… aquel avaricioso malnacido.

Capítulo Tres

–Ryan Patrick ya ha llegado para comer contigo.

El anuncio de Lea provocó que los ya alterados nervios de Nicole se revolucionaran. Comenzó a escribir auténticas incoherencias en el ordenador. A continuación apretó el intercomunicador.

–No tenemos ninguna cita para comer juntos.

–Sí, la tenéis. Él telefoneó hace unas horas y yo la organicé.

Nicole sintió ganas de estrangular a su asistente.

–¿Qué quiere?

–Sólo hay una manera de descubrirlo –contestó Lea.

Enfurecida, Nicole prefirió no decir nada, por lo que apagó el intercomunicador y se levantó de la silla de su escritorio. Decidió que más tarde arreglaría las incoherencias que había escrito en el ordenador... ya que en aquel momento no sería capaz de hacerlo.

–Hazle pasar –dijo, utilizando de nuevo el intercomunicador–. Pero, Lea, no planees ninguna cita sorpresa más para mí. Y deja de hacer de casamentera. Está claro que te encanta.

Durante los anteriores años, Lea había realizado un considerable esfuerzo por encontrar un hombre que le hiciera a Nicole olvidar a Patrick. Pero ésta no era como su madre, la cual cambiaba de amante como de camisa, y prefería estar sola a estar con el hombre equivocado.

En pocos segundos la puerta de su despacho se abrió y Ryan apareció delante de ella. Iba vestido con un traje negro combinado con una camisa blanca. Llevaba una corbata azul cobalto que resaltaba el color de sus ojos. Nicole sintió cómo le daba un vuelco el estómago.

Se preguntó a quién se parecería su hijo, si a él o a ella. Lo que tenía claro era que aquel hombre tendría unos bebés preciosos. Pero se reprendió a sí misma y se dijo que el aspecto físico no importaba. Lo único importante era que el bebé estuviera sano.

—Nicole —la saludó él, asintiendo con la cabeza. La analizó con la mirada de arriba abajo—. ¿Estás preparada?

—¿Por qué estás aquí, Ryan? —exigió saber ella, nerviosa.

—Porque me gustaría saber algo más sobre la mujer que va a tener un hijo mío aparte de los escasos datos que aparecían en los ficheros de la clínica. Supongo que tú también querrás hacerme preguntas acerca de mi salud e historia, ¿no es así?

Nicole pensó que lo mejor que podía hacer era tener al enemigo cerca para así llegar a conocerlo un poco mejor. Y Ryan era precisamente aquello, su enemigo. Su sola presencia amenazaba todo lo que ella quería.

—Puedo estar contigo un par de horas.

—Es todo lo que necesitaremos.

Ella tomó su bolso y se acercó a la puerta del despacho. Él abrió ésta al verla acercarse y le colocó una mano en la cintura para guiarla cuando pasó por su lado. Nicole sintió cómo todas las células de su cuerpo se alteraban... lo que provocó que se diera contra el marco de la puerta.

Ryan la agarró por el brazo y la estabilizó.

–Ten cuidado.

Las miradas de ambos se encontraron y a ella se le aceleró el corazón. Se preguntó por qué tenía él que tener aquel efecto en sus sentidos. A continuación apartó el brazo.

–Pasadlo bien –les deseó Lea, sonriendo sin mostrar ningún tipo de arrepentimiento–. No te apresures en volver. Lo tengo todo controlado.

–Regresaré a tiempo para mi próxima cita –contestó Nicole, frunciendo el ceño ante su asistente.

–La cita que tenías a las dos se ha retrasado hasta las cuatro. Si quieres, puedo posponerla hasta mañana.

–No te atrevas.

–Bueno, de todas maneras come tranquila. Tienes mucho tiempo.

Aquello no era precisamente lo que Nicole había querido que oyera Ryan, ya que había deseado tener alguna excusa para estar con él muy poco tiempo. Pero no dijo nada y lo acompañó fuera del edificio hasta llegar a su Corvette, el descapotable negro que había visto aparcado el día del picnic en el patio de la casa de Beth. Él le abrió la puerta del acompañante y ella se sentó en el asiento de cuero del vehículo con mucho cuidado de no rozarle.

Entonces Ryan se dirigió a montarse en el coche por la puerta del conductor. Una vez que lo hizo, el interior del vehículo se vio embargado por su fragancia.

–¿Por qué te disgustó que tu hermana decidiera no anunciar tu embarazo? –preguntó al arrancar el motor.

–No me disgustó –mintió ella, pensando que sus sentimientos no eran asunto de aquel hombre.

–No me gustan ni respeto a los mentirosos –comentó él, dirigiendo el coche a la calzada.

–Me gusta que las cosas salgan según lo previsto y Beth cambió en el último minuto lo que habíamos planeado. Eso es todo. No hay mayor problema.

Pero, en realidad, sí que había un problema. Hacía una semana, su hermana había estado encantada con la idea de anunciarle a todo el mundo el embarazo. Y Nicole no había comprendido por qué había cambiado de opinión. No sabía si era porque había comenzado a tener dudas acerca de adoptar a su bebé al haberse enterado de que no era de su marido. O tal vez era Patrick el que tenía dudas.

Observó el perfil de Ryan y apartó la mirada de inmediato. Mirando por la ventanilla del coche, se preguntó si su bebé, si el bebé de Beth, heredaría los maravillosos genes de su padre.

–¿Dónde vamos? –preguntó al ver que entraban en una zona residencial.

–A mi casa –contestó él.

–No creo que sea buena idea –respondió ella, pensando que aquello sería demasiado personal.

Pero Ryan aparcó el vehículo junto a una motocicleta negra que había en una plaza de aparcamiento privado y apagó el motor.

–¿Preferirías discutir nuestra inusual situación en público, donde quizá alguien pueda oírnos?

–Humm… no –contestó Nicole–. ¿La motocicleta es tuya?

–Sí.

Ella pensó que aquello le convertía en una persona a la que le gustaba correr riesgos… lo que no indicaba que fuera un buen padre potencial. Entonces abrió la puerta del coche y se bajó de éste.

Ryan la guió hacia unos ascensores y, cuando entraron en uno de éstos, presionó el botón para ir al piso superior. En cuanto las puertas del ascensor volvieron a abrirse, Nicole pudo ver un espacioso vestíbulo que tenía un moderno techo de cristal y una fuente en el centro.

–Es muy bonito.

–Gracias, yo diseñé el edificio.

El pánico se apoderó de ella al percatarse de la cantidad de dinero que debía de tener el padre de su futuro hijo. Ni Beth, ni Patrick, ni ella misma podrían permitirse económicamente mantener una batalla legal contra él. A ninguno de ellos les faltaba el dinero, pero Ryan pertenecía a otro nivel completamente distinto. Era multimillonario.

Él abrió una puerta y le indicó a Nicole que lo siguiera. Reuniendo todo el coraje que tenía, ella entró en los dominios de aquel hombre.

La puerta daba a un enorme salón que tenía unos amplios ventanales que ocupaban toda una pared. El suelo era de un bonito mármol y los muebles muy estilosos y modernos.

Se acercó a una de las ventanas y, al mirar a través de ésta y observar las impresionantes vistas que había del río Tennessee, sintió mucho vértigo. Entonces se apartó apresuradamente del cristal y observó que, a su izquierda, había una enorme terraza.

Decidió acercarse de nuevo a mirar por la ventana y vio que enfrente del edificio de Ryan había un muelle con barcos.

–¿Es alguno de ésos tuyo? –preguntó, señalando los barcos.

–El tercero por la derecha.

De inmediato, ella reconoció que aquél era un barco construido para navegar muy rápido. La sola idea de que su hijo creciera en un entorno como aquél le atemorizó enormemente.

–Tu casa no es adecuada para un niño –comentó.

–¿Por qué?

Nicole se dio la vuelta y vio que Ryan estaba muy cerca de ella... demasiado cerca. No lo había oído acercarse. Se echó hacia un lado para poner cierta distancia entre ambos.

–Aparte de que aparentemente tienes el deseo de matarte ya que posees el tipo de coche y barco que más velocidad alcanzan.

–Tengo mucho cuidado –respondió él, sintiendo cómo la tensión se apoderaba de sus músculos.

–No hay ninguna verja que impida que un niño caiga del muelle al agua. Y no hay ningún jardín para que un pequeño pueda jugar y correr. Los niños necesitan columpios y césped.

–Los niños que crecen en las ciudades se las arreglan sin tener mucho espacio para jugar.

–¿Vive algún otro niño en el edificio?

–No lo sé –contestó Ryan, encogiéndose de hombros.

–Un niño necesita tener amigos cerca para jugar. La casa de Beth y Patrick es mucho mejor en ese aspecto.

–Olvídate de tu hermana y de su marido por un momento. Ahora vamos a hablar de tú y yo.

–¿Por qué? –preguntó Nicole, sintiendo cómo se le aceleraba el pulso.

–Me han hecho las pruebas del virus del sida, así como de otras enfermedades de transmisión sexual, y estoy limpio. ¿Te han hecho las pruebas a ti también?

41

–No, no había necesidad –dijo ella, impresionada ante aquella pregunta tan directa.

–¿Eres virgen?

–Desde luego que no. Tengo veintiocho años –respondió Nicole, ruborizada.

Pero había tenido cuidado. Había sido más cuidadosa de lo que nadie sabía.

–Exigí que las candidatas a madre de alquiler que seleccioné se realizaran las pruebas. Voy a pedir una cita para que te las hagan a ti también.

–¡No harás tal cosa! –espetó ella, horrorizada–. Yo no soy una de tus candidatas.

–No. Tú eres la mujer que lleva a mi futuro hijo en su vientre. Ello implica que sea aún más importante descubrir si gozas de buena salud. Sométete a las pruebas voluntariamente o pediré una orden judicial.

–No puedes hacer eso.

–Lo he consultado con mi abogado y puedo hacerlo. Estamos hablando de mi futuro hijo. Tengo mucho interés en su bienestar.

–Deja de decir eso –respondió Nicole–. Tu contribución en la vida de este niño fue un accidente. No estabas ahí. No tienes nada que ver con él. Y, si la clínica no hubiera incumplido la ley y no te hubiera dado información confidencial acerca de mí, no sabrías ni mi nombre.

–Todo eso es irrelevante. Sé quién eres y no voy a alejarme de ti. Haznos un favor a ambos y no hagas ricos a nuestros abogados –dijo Ryan, dándose la vuelta. Se quitó el abrigo y lo dejó sobre el respaldo de una silla de cuero.

Ella aprovechó la oportunidad para alejarse de él. Aquel hombre le hacía sentirse muy incómoda. No sabía por qué. Trataba con hombres poderosos todos los días, hombres muy exigentes, y con ellos jamás perdía los nervios. Pero con Ryan no le era tan fácil.

De inmediato, se percató de que la diferencia era que Ryan Patrick estaba amenazando a su bebé… al bebé de Beth. Y aquello hacía del asunto algo personal.

–¿Fumas? –preguntó entonces él, mirándola. Se desabotonó los puños de la camisa y se remangó ésta.

–No –contestó Nicole, fascinada al observar la bronceada piel de los antebrazos de Ryan.

–¿Bebes alcohol?

–En ocasiones. Pero no ahora que estoy embarazada.

–¿Has tenido más de cinco parejas sexuales?

–Eso no es asunto tuyo –respondió ella, ofendida–. Llévame de vuelta a mi despacho. Ahora.

–Éstas son las preguntas que hacen en el cuestionario de la clínica de fertilidad, preguntas que por descuido no te hicieron rellenar. Tú tienes el mismo derecho a preguntármelas a mí. Y deberías hacerlo.

–En la clínica no se aceptan donaciones de gente que tenga el virus del sida –dijo Nicole.

–También aseguran que no cometen errores.

Ella tuvo que reconocer que Ryan tenía razón.

–He tenido menos de cinco parejas. ¿Y tú?

–Más de cinco. Pero he tenido cuidado –afirmó él–. ¿Estás saliendo con alguien en este momento?

–No –contestó Nicole, pensando que aquello era peor que una cita a ciegas–. ¿Y tú? ¿Hay alguna mujer que vaya a tener problemas con mi embarazo?

–No.

–¿Y algún hombre?

La venenosa mirada que le dirigió Ryan debió haberla dejado petrificada, pero había sentido que tenía que preguntar aquello ya que el hecho de que él quisiera ser padre soltero era inusual.

–¿Tienes algunos hábitos que puedan afectar al bienestar de mi futuro hijo? –quiso saber Ryan.

–Si los tuviera, jamás habría accedido a quedarme embarazada para darle un bebé a Beth. Y, aparte de las vitaminas prenatales, no tomo ninguna droga.

–Bien. Vamos a comer –dijo él, alejándose de ella.

–Yo preferiría regresar al trabajo.

–Necesitas comer, tanto por el bebé como por ti misma –contestó Ryan.

Ryan encendió el horno y, tras unos minutos, sacó una bandeja de éste. Un intenso aroma a tomate y ajo impregnó el ambiente.

–Asumiste demasiado al dejar preparada la comida sin saber si yo accedería a venir contigo –comentó ella.

–Ambos pensamos en el interés del niño y, por lo que he leído sobre ti, eres suficientemente inteligente como para saber que tenemos que mantener esta conversación. Siéntate y come un poco. Es lasaña de verduras.

Él colocó la bandeja en el centro de la mesa que había en la cocina y volvió a acercarse al horno para sacar de éste el pan que había en la bandeja inferior. A continuación lo cortó en rebanadas y lo puso en un plato que llevó a la mesa.

Lo siguiente que hizo fue sacar de la nevera una jarra de té helado y servir dos vasos. Entonces se sentó frente a Nicole a la mesa.

Ella sintió cómo su estómago daba uno de aquellos extraños vuelcos que habían estado dándole durante los días anteriores. En menos de un segundo pasó de no tener ninguna gana de comer a sentirse hambrienta.

Comió durante varios minutos antes de levantar la mirada y encontrarse con que él estaba mirándola. Sintiéndose avergonzada ante su poco femenino apetito, hizo una pausa con el tenedor a medio camino de su boca… la boca que Ryan estaba mirando intensamente con un brillo especial reflejado en los ojos, un brillo distinto…

A ella se le aceleró el pulso y decidió concentrarse en las cosas que no le gustaban de él. Como, por ejemplo, su autoritarismo, sus arriesgadas aficiones y la determinación que tenía de quitarle a su futuro hijo.

–Aparte de tu habilidad culinaria, a juzgar por tu motocicleta y tu yate, así como por todo lo que he leído sobre ti, no eres lo bastante responsable como para criar a un niño.

–No deberías creer todo lo que lees en las columnas de cotilleo.

–¿No es cierto que cambias de pareja muy frecuentemente? –le preguntó–. Un niño necesita seguridad y estabilidad.

–Últimamente no he tenido ninguna relación seria, si es eso lo que estás preguntándome. ¿Y tú?

–Mi vida amorosa no es de tu incumbencia.

–Lo es si tus hábitos pueden poner en peligro la salud de mi futuro hijo.

Por muy feo que aquel comentario hubiera sido, Nicole tuvo que admitir que, una vez más, la preocupación de él era comprensible.

–Ése no es el caso.

–Quiero una copia de tus informes médicos y deseo acompañarte a todas las citas que tengas con el ginecólogo.

–¿Perdona? –respondió ella.

–Tendrás que transferir toda la información previa al ginecólogo que he elegido para ti.

–¿Te has vuelto loco? No puedes tomar todas esas decisiones por mí.

–Quiero realizar un seguimiento pormenorizado del crecimiento del bebé. Y el equipo al que pertenece este ginecólogo es el mejor de la región.

Enfadada, Nicole apartó su plato a un lado.

–Yo tengo mi propia ginecóloga, la cual lleva tratándome desde hace muchos años y no voy a cambiarla por nadie. No puedes obligarme. Haré que ella te envíe un informe tras cada visita.

–No es suficiente –contestó Ryan–. Quiero ser capaz de realizar preguntas según éstas surjan y ver las ecografías.

Ella pensó que cualquier niño tendría suerte de tener un padre tan interesado en su bienestar.

–Lo comprobaré con mi ginecóloga, pero estoy segura de que accederá a verse contigo. También quiero asegurarme de que Beth y Patrick están de acuerdo con tu intromisión.

Nicole pensó que, en realidad, ni su hermana ni su cuñado la habían acompañado a ninguna cita médica hasta aquel momento. Y lo cierto era que la ausencia de ambos le había sorprendido. Pero había pensado que tal vez aquellas revisiones ginecológicas eran un doloroso recordatorio de la incapacidad de Beth para concebir.

–Tendrán que soportarlo –espetó Ryan–. Acostúmbrate, Nicole, voy a ser parte de la vida de este niño con o sin tu consentimiento.

Capítulo Cuatro

El atrevimiento de Ryan impresionó a Nicole. Sintió como si éste estuviera acorralándola en una esquina y no le gustó la sensación.

Sintió cómo se le ponían los músculos tensos, cómo se le aceleraba el corazón y cómo le temblaban las manos. Intentó tranquilizarse, pero fue inútil.

–No puedes imponer tu voluntad cuando se trata de las citas privadas que tengo con mi ginecóloga.

–¿Qué te apuestas a que sí que puedo? Tus revisiones ahora también se han convertido en las revisiones de mi futuro hijo. Tengo derecho de asegurarme que cumples las órdenes del médico y de que no pones en peligro a mi bebé.

Nerviosa, ella arrugó la servilleta que tenía en el regazo.

–¡Jamás haría algo así! –exclamó, luchando con todas sus fuerzas para controlar su enfado.

Pensó que, por el bien de Beth y Patrick, así como por el bien de su bebé, tenía que encontrar una solución… una solución pacífica. Pero no le venían muchas ideas a la mente.

Había aprendido que, cuando un problema era tan complejo como aquél, ayudaba el analizarlo muy cuidadosamente. Necesitaba tiempo y distancia para ser capaz de pensar con claridad.

Despacio, separó la silla de la mesa y se levantó.

–Gracias por la comida, pero ahora ya me gustaría marcharme.

–No has terminado –respondió él, levantándose a su vez.

–Creo que no puedo seguir comiendo… por las náuseas matinales.

–Pero ya no es por la mañana –comentó Ryan.

–El bebé no lleva un Rolex –contestó Nicole.

Observó que él sí que llevaba uno, un caro modelo de oro.

–Yo te llevaré –dijo Ryan.

–Preferiría telefonear a un taxi –respondió ella, dejando su servilleta junto a su plato.

–No hemos terminado nuestra discusión.

–No hay necesidad de que lo hagamos. Por favor, pídele a tu médico que envíe por fax a mi despacho los informes acerca de tu salud.

–¿Los míos? –preguntó él, sorprendido.

–Sí, los tuyos. Como tú mismo has señalado, yo… nosotros tenemos todo el derecho de saber si este bebé heredará algo de ti que pueda afectar al embarazo o al parto.

–Ya te he dicho que estoy sano.

–¿Y esperas que yo crea lo que me dice un extraño? –contestó Nicole, adoptando la misma actitud que había tomado Ryan con ella.

Pero entonces se reprendió a sí misma y se dijo que aquello no había estado bien. Aunque pensó que tal vez, si él se percataba de lo ridículamente impertinente que estaba siendo, se controlaría un poco.

–Me ocuparé de ello, pero no voy a telefonear para pedirte un taxi. Yo te traje a mi casa y yo te llevaré de regreso a tu despacho –dijo Ryan con la inflexibilidad reflejada en la voz.

–Está bien.

–Antes de marcharnos, tengo algo más que pedirte; si te parece que mi casa no es adecuada para un niño, ayúdame a encontrar otra que sí lo sea.

Nicole parpadeó y tragó saliva. No le gustaba la dirección que estaban tomando los pensamientos de él.

–¿Por qué harías eso? ¿Y por qué querrías que te ayudara yo?

–Porque ambos queremos que mi futuro hijo crezca en un entorno seguro.

Cada vez que Ryan se refería a «su» futuro hijo, ella se ponía muy nerviosa. Pero, al mismo tiempo, no podía evitar sentirse impresionada ante lo mucho que se preocupaba él por el bebé.

–Una agencia inmobiliaria conocerá mejor el mercado.

–Sin duda. Voy a contratar una para que encuentre algunas casas, pero la agencia no tendrá ninguna influencia en mi elección –respondió Ryan–. Debo decirte que pretendo entablar una demanda para obtener la plena custodia de mi futuro hijo pero, en el peor de los casos, tendré que compartirla con Beth y Patrick. De igual manera, estoy buscando un lugar seguro y sé que tú tienes un interés personal en mi elección.

–Te ayudaré a encontrar una casa. Pero no creas ni por un minuto que eso significa que acepto que seas un padre para mí... para este bebé. No tienes lo que hay que tener para ser padre.

–Supongo que tendré que demostrarte lo contrario.

***

–¿Es ésta tu última fulana? –preguntó Harlan Patrick, el cual estaba sentado frente a Ryan al escritorio de éste.

Ryan miró la fotografía que había sobre la carpeta en la que había introducido la información que había recopilado sobre Hightower Aviation. Había impreso la fotografía de Nicole que había encontrado en la página web de Hightower. Pero el fotógrafo no había logrado captar el fuego que reflejaban sus ojos color aguamarina ni los reflejos dorados de su cabello castaño claro.

Todavía no estaba preparado para compartir con su padre su plan de alquilar un vientre para tener un hijo ni para comentarle lo mal que había salido todo.

–No me acuesto con cada mujer que conozco.

Incrédulo, Harlan resopló. Siempre había creído lo peor de su hijo… seguramente porque hasta hacía poco Ryan le había dado razones para ello. Éste había pasado mucho tiempo actuando de manera detestable cuando había sido un niño con la esperanza de que su madre se hubiera cansado de ello y le hubiera mandado con su padre. Pero su estrategia no había funcionado. Y cuando se había marchado para asistir a la universidad, aquel comportamiento rebelde se había convertido en un hábito.

Pero sus días de fiesta y rebeldía se habían terminado. Y, mientras que no engañaría a nadie deliberadamente, no iba a dejar escapar la oportunidad de que la tendencia que tenía su padre a tomar conclusiones le beneficiara por una vez.

Nicole Hightower era la clase de mujer que a su progenitor le gustaría para él, para que se casara con ella. Él no tenía ninguna intención de contraer matrimonio con nadie pero, si su padre lo veía junto a Nicole y pensaba que podía haber una relación permanente en su futuro, no iba a corregirle. Por lo menos no durante un tiempo. Ya habría bastantes ocasiones en el futuro… una vez que Harlan le transfiriera la presidencia de Patrick Architectural.

—Se llama Nicole Hightower. Es la gerente de servicios de Hightower Aviation Management Corporation —explicó, tomando la fotografía de Nicole. Entonces le entregó a su padre la carpeta con la información acerca de Hightower Aviation—. Deberíamos considerar la posibilidad de comprar o alquilar un avión de HAMC.

—¿Para qué? —contestó su padre—. ¿Para que puedas tener otro maldito caro juguete? Ya tienes una motocicleta de treinta mil dólares y un yate de sesenta mil. ¿Qué más quieres? ¿Un avión de cinco millones de dólares? Y supongo que también quieres sacarte la licencia de piloto.

—No quiero ni necesito una licencia de piloto. Hightower ofrece pilotos y se encarga del mantenimiento del avión. Patrick Architectural contrata vuelos para sus clientes por todo el país y pagamos mucho dinero por esos billetes. Hightower garantiza que, si contratamos sus servicios, podemos tener nuestro avión con su piloto disponible en cuatro horas o incluso menos tiempo.

—Es un gasto de dinero pretencioso.

—Podríamos ir directamente a donde quisiéramos sin hacer escala.

–El precio de mantener un avión es prohibitivo –dijo Harlan, descartando la idea sin siquiera examinar los datos. Algo muy típico de él.

–No necesariamente. He hablado con un representante de Hightower. Hay una gran variedad de opciones. Podemos comprar un avión, alquilarlo o comprar un número determinado de horas de vuelo mensuales o anuales. Aunque lo mejor es un régimen de copropiedad.

Tras explicar aquello, Ryan se levantó y se acercó a su progenitor. Dio unos leves golpecitos en la carpeta que éste tenía en las manos.

–Mira el gráfico de la página seis y estudia los datos que le pedí a Cindy que reuniera –continuó, pensando que Dios debía bendecir a su asistente por haber reunido todos aquellos datos.

Esperó hasta que su padre hizo lo que le había pedido.

–Este gráfico establece cuánto tiempo han perdido nuestros empleados durante el pasado año debido a retrasos de vuelos, escalas, cancelaciones de último minuto y desvíos. Y debido a eso tú pierdes mucho dinero. En promedio, nuestros costes de transporte se aproximan a la cantidad que tendríamos que pagar por mantener la copropiedad de un avión, pero sin el beneficio añadido que supondría la conveniencia y el no tener que pagar tasas. Tener acceso a nuestro propio avión nos permitiría expandirnos globalmente.

Los ojos de Harlan reflejaron un cierto brillo al considerar aquella posibilidad.

Ryan se metió las manos en los bolsillos y se acercó a la ventana.

–En la carpeta he incluido el folleto de Hightower

Aviation. Lee la documentación que se aporta y te darás cuenta de que un avión podría ser un activo muy conveniente para nosotros. Podríamos establecerlo como un despacho móvil con acceso a Internet, dormitorio y ducha, lo que nos permitiría volar durante la noche y amanecer descansados. Nos ahorraríamos los gastos de un hotel. Si lo piensas, un avión no es una pérdida de dinero frívola.

–¿Y la chica? –preguntó su padre.

–Como representante de Hightower Aviation, sería nuestro principal contacto con ellos –contestó Ryan, girándose para mirar a su progenitor–. Cuando necesitemos viajar, la telefonearemos a ella directamente. Me han dicho que es el mejor miembro de su personal.

–Echaré un vistazo a estos documentos, pero dudo que sea viable.

De nuevo, Ryan se sintió muy irritado.

–Si no fuera viable, no te habría presentado la idea.

–Ya veremos –respondió Harlan.

Nicole pensó que días como aquél la convencían de que estaba haciendo lo correcto. Se dejó caer en su sofá y se quitó los zapatos mientras sonreía. Era sábado por la tarde.

Haber visto la sonrisa que había esbozado Beth mientras habían estado comprando cosas para el bebé en Knoxville, la había llenado de un sentimiento de tranquilidad. Pensó que aquello funcionaría. Todo lo que tenía que hacer era mantener a Ryan Patrick alejado.

Pensar en él provocó que se le borrara la sonrisa. Había pasado tres días sin verlo y sin tener noticias suyas, tres días que habían sido muy tranquilos.

Repentinamente, se sintió exhausta. Durante el mes anterior, las náuseas matutinas que había sufrido habían sido mínimas, pero se había sentido muy fatigada. Bostezando, se estiró sobre los cojines del sofá y se cubrió las piernas con un chal.

Estaba a punto de quedarse dormida cuando sonó el timbre de la puerta. Se forzó en abrir los ojos y miró el reloj de cuco que había en la pared. Beth la había dejado en casa hacía diez minutos y pensó que su hermana debía de haberse olvidado algo.

Se levantó y se acercó a abrir la puerta. Pero no fue a Beth a quien encontró allí esperando, sino a Ryan. Sorprendida, dio un paso atrás. Su buen humor la abandonó de inmediato.

Descalza, observó lo guapo que estaba él. Llevaba un polo negro que resaltaba sus azules ojos y tenía la sombra de una leve barbita.

–¿Cómo has conseguido mi dirección?

–En tu fichero de la clínica –contestó Ryan, mirándola de arriba abajo abiertamente.

Ella se preguntó cómo se atrevía él a invadir de aquella manera su espacio personal. Se sintió invadida por la furia y notó cómo se ruborizaba.

–¿Necesitas algo tan urgentemente que no podías haber telefoneado?

–Telefoneé y dejé un mensaje. Pero no respondiste. Y no tengo tu número de móvil.

–He estado fuera durante toda la mañana y acabo de regresar a casa –respondió Nicole–. Todavía no he comprobado el contestador. ¿Qué quieres? –añadió, reprendiéndose a sí misma ya que no le había dado una contestación muy amistosa.

–Tenemos una cita para ver un par de casas esta tarde.

–¿Tenemos?

–Accediste a ayudarme a encontrar un hogar.

Aquello era cierto. Ella había accedido a hacerlo.

–¿Y qué ocurre si esta tarde estoy ocupada?

–¿Lo estás?

Nicole pensó que le encantaría echarse un poco para descansar, pero admitir flaqueza ante el enemigo nunca era una buena estrategia. En momentos como aquél echaba de menos la cafeína a la que había tenido que renunciar debido al embarazo.

–Nada que no pueda esperar.

–Pues entonces toma lo que necesites llevar contigo y marchémonos.

Resignada a pasar unas pocas horribles horas con él, ella se puso los zapatos, tomó su bolso y siguió al padre de su futuro hijo fuera de la casa con muy poco entusiasmo.

La certeza que tenía Ryan de que iba a ganar la custodia de su bebé le intranquilizaba, así como también le hacía dudar de su habilidad para realizar su trabajo. Y su trabajo consistía en darles a Beth y a Patrick la familia que éstos anhelaban.

Una vez ya montados en el Corvette, Ryan dirigió el vehículo hacia el este por una carretera interestatal.

–Saliste de tu casa muy pronto esta mañana. Yo telefoneé a las ocho –comentó.

Nicole no estaba de humor para mantener una amigable charla, pero la situación exigía que mantuviera la compostura.

–Beth y yo hemos ido de compras para el bebé al centro del pueblo. Mi hermana se emociona cuando agarra la diminuta ropita… seguro que a ti no te ocurre lo mismo.

El silencio se apoderó de la situación durante unos segundos.

–Pensaba que eran las mujeres embarazadas las que se emocionaban –comentó él.

–Quizá Beth está teniendo psicológicamente los síntomas del embarazo. Los estudios demuestran que algunos maridos tienen mareos por las mañanas cuando sus esposas están embarazadas. Aparentemente, también puede ocurrirles a las mujeres que van a adoptar un bebé. Y mi hermana y yo siempre hemos estado muy unidas.

–Si los hombres aparentan sufrir mareos matutinos, es sólo porque al ver a sus esposas vomitando les dan ganas de hacer lo mismo.

–Eres un cínico.

–No soy un cínico. Soy realista. Veo las cosas por lo que son.

–¿Qué sabes tú acerca de mujeres embarazadas? –preguntó Nicole.

–Pasé los nueve meses de embarazo junto a mi ex esposa.

Impresionada, ella pensó que aquello implicaba que Ryan había tenido un niño…

–Dijiste que los primogénitos de tu familia siempre se hacían cargo de la empresa familiar. ¿Por qué no ha sido así en el caso de tu hijo? –quiso saber.

–La niña que nació no era mía –contestó él.

–No comprendo. ¿Era la hija de tu esposa pero no tuya?

–Efectivamente. Ya casi hemos llegado –dijo Ryan, intentando cambiar de asunto.

Nicole había visto las señales que indicaban la proximidad del barrio residencial Douglas Lake, pero en aquel momento no le interesaba mucho aquella localización.

–Se ha demostrado que eres fértil, por lo que tu ex esposa obviamente no tuvo que utilizar esperma de un donante. ¿Estaba saliendo con alguien antes que contigo? No, espera. Has dicho que estuviste con ella durante los nueve meses del embarazo. Vas a tener que explicármelo.

–¿Y si te digo que no es asunto tuyo? –respondió Ryan, dirigiéndole una fugaz y dura mirada.

–Te recordaría que fuiste tú el que me dijiste que te preguntara acerca de tu vida sexual.

Él esbozó una mueca y respiró profundamente.

–Mi ex mujer estaba manteniendo relaciones sexuales con mi mejor amigo. Yo estaba demasiado ciego para verlo. Cuando se hizo la prueba de embarazo y salió positiva, me juró que el bebé era mío. Yo me casé con ella y finalmente descubrí que me había mentido.

Nicole sintió pena por Ryan ya que, como su padre, había sido engañado por la mujer que amaba. Pero, al contrario que su progenitor, Ryan no se había quedado al lado de aquella mentirosa fémina para obtener más de la misma mala medicina. Aunque, en realidad, todo el mundo había sabido que su padre sólo se quedó con su madre debido a que el dinero llegaba por aquel lado de la familia. Jacqueline poseía la mayor parte de las acciones de Hightower Aviation.

–Lo siento. ¿Hace cuánto ocurrió?

–Catorce años.

–¿Te involucraste en el embarazo antes de descubrir la verdad?

–Cada maldito día. La acompañé a todas las citas con el ginecólogo, iba con ella al cuarto de baño cuando se sentía enferma y le consentí todos los antojos que tuvo… incluso a medianoche.

–¿Cómo lo descubriste? ¿Te lo dijo finalmente tu esposa?

–Demonios, no. Mi mejor amigo era afroamericano. Digamos simplemente que la hija de mi preciosa esposa rubia salió a imagen y semejanza de su papi.

–¿Has mantenido contacto con ellos? –quiso saber Nicole, impresionada.

–¿Para qué querría hacerlo?

–¿Está más contenta ella con él de lo que lo estuvo contigo?

–¿Cómo podría yo saberlo? –contestó Ryan–. ¿Y por qué debería importarme?

–Si realmente amas a alguien, quieres que esa persona sea feliz… aunque no sea contigo –afirmó ella, pensando que precisamente aquello era lo que deseaba para Patrick.

Pero Ryan la miró como si estuviera loca.

–Eso es una estupidez.

–Somos nosotros los que elegimos ver el lado positivo o negativo de una situación.

–Eres una verdadera eterna optimista, ¿no es así?

–¿Simplemente porque me centro en lo que tengo en vez de en lo que no tengo? –respondió Nicole, preguntándose si él se estaba riendo de ella.

Negando con la cabeza, Ryan introdujo el coche en un nuevo y exclusivo barrio a las orillas de un lago. Entonces apartó el vehículo en la entrada para coches de una preciosa casa de dos pisos que poseía un enorme jardín. Pero Nicole supo de inmediato que aquel lugar no funcionaría.

–No –fue lo único que dijo, aunque en realidad estaba pensando en multitud de objeciones.

–Ni siquiera la has visto.

–Todo lo que necesito ver es la caída del terreno hacia el lago. Si te tropiezas, caerías como una pelota de nieve directo al agua. No me malinterpretes, Ryan. La casa es preciosa y está en un vecindario muy hermoso, pero es imposible conseguir que ese jardín sea seguro para que un pequeño juegue y corra en él.

Ryan examinó con la mirada la propiedad como para verificar las palabras de ella.

–Espera aquí –dijo, bajándose del coche.

Saludó a la mujer vestida con traje de chaqueta que se había bajado de una furgoneta que llevaba impresa en un lateral el logo de una agencia inmobiliaria. Tras hablar con ella, regresó al Corvette y entró en éste.

Apoyando los antebrazos en el volante, se giró en su asiento para mirar a Nicole.

–La siguiente casa que nos iba a mostrar la agencia también está frente al lago. ¿Merece la pena que nos molestemos en verla?

–A ti te gusta el agua, ¿no es así?

–Solía remar cuando estaba en la universidad.

A ella no le sorprendió aquello ya que Ryan tenía los hombros muy anchos, así como unos bíceps muy desarrollados. No pudo evitar imaginárselo vestido sólo con bañador…

Negó con la cabeza y se preguntó por qué le fascinaba el físico de aquel hombre.

Entonces comprendió que era porque su futuro hijo tenía la mitad del ADN de él y tal vez heredaría alguno de aquellos atractivos rasgos.

–El agua es peligrosa. Pero si puedes vallar el jardín, quizá pueda funcionar –dijo, mirándolo a los ojos–. Supongo que esto significa que no vas a renunciar a tus peligrosos juguetes simplemente porque vas a convertirte en padre.

–No –contestó Ryan, frunciendo el ceño.

Nicole pensó que la sinceridad de él era muy valiosa, pero que Ryan tenía mucho que aprender si pensaba que un bebé no iba a cambiarle la vida.

Capítulo Cinco

Ryan no podía recordar la última vez que una mujer se había quedado dormida con él sin que previamente hubiera practicado con ella un sexo increíble.

Mientras esperaba a que la luz roja del semáforo cambiara, silenciosamente dio unos golpecitos en el volante y analizó la cara de Nicole con la mirada. Las tupidas pestañas de ésta no podían ocultar las ojeras que tenía. Según el expediente de la clínica, estaba embarazada de diez semanas, por lo que se encontraba en el primer trimestre del embarazo.

Jeannette también había dormido mucho durante el mismo periodo de su embarazo... y se había quejado sin cesar de su falta de energía, náuseas y frecuentes ganas de ir al servicio... como si cada una de aquellas molestias hubiera sido culpa de él.

Nicole, por otra parte, no había dicho ni una palabra acerca de cómo se encontraba. Ni siquiera se había quejado de tener hambre, sino que simplemente había sacado un tentempié y una botella de agua de su bolso. Y hacía veinte minutos, en medio de la discusión sobre la casa que habían visitado, se había quedado dormida mientras hablaba. Él había mirado hacia ella y la había visto recostada en el asiento...

Había sentido una intensa hambre al haber captado su mirada la pálida piel del escote de Nicole... aunque se apresuró en distraerse con otra cosa.

Pensó que ella tenía razón sobre lo cerca que estaban los jardines de aquellas casas del lago. No podía confiar en que ninguna niñera que contratara fuera lo suficientemente diligente como para no perder de vista a su futuro hijo.

Cuando llegaron al aparcamiento del restaurante donde sabía que su padre se reuniría más tarde con su grupo de amigos tras haber jugado al golf, aparcó el Corvette.

En cuanto el vehículo se quedó en silencio, Nicole levantó los párpados. Se apresuró en sentarse erguida y analizó los alrededores a través de la ventanilla. Cuando posó la mirada en Ryan, éste sintió cómo la pasión se apoderaba de su cuerpo. La necesidad de saborear la suavidad de los labios de ella fue demasiado intensa. Pensó que, si no hubiera estado embarazada de un hijo suyo, se habría dejado llevar por la atracción que sentía, pero el embarazo suponía una complicación. Se sentía muy tentado, pero compartir un hijo y una aventura con aquella mujer significaría una conexión de continuidad. Y no iba a ir por aquel camino. Su futuro hijo sería sólo suyo. Una vez que consiguiera la plena custodia, no pretendía volver a ver a Nicole nunca más.

—Lo siento —se disculpó ella—. Debo de haberme quedado dormida. ¿Dónde estamos?

—Realicé una reserva para cenar.

Nicole parpadeó.

—Estás asumiendo que cenaré contigo.

Aquella poco entusiasta respuesta hirió el ego de Ryan, el cual no estaba acostumbrado a que las mujeres rechazaran su compañía.

–Simplemente supuse que tendrías hambre. Según mi experiencia, las mujeres embarazadas necesitan comer con regularidad.

–La fruta seca es un tentempié muy sano.

–Pero no lo bastante substancial como para darte mucha energía. ¿Tenías otros planes?

Ella miró el restaurante, respiró profundamente y se relamió los labios. Él pensó que sin duda el aroma a carne asada que impregnaba el aire cercano al local estaba haciéndole la boca agua... al igual que a él.

–No –contestó Nicole.

–Entonces vamos a cenar. Y puedes darme una lista de cosas que consideres imprescindibles para que lo tengan en cuenta los agentes inmobiliarios al buscar la próxima casa –sugirió Ryan, bajándose del coche. A continuación se acercó al lado del acompañante del vehículo.

Llegó justo en el momento en el que Nicole estaba bajando sus largas piernas al suelo y le ofreció una mano para ayudarla. Pero ella la ignoró.

Mientras la acompañaba a la puerta del restaurante, le colocó una mano en la espalda. Nicole se sobresaltó y le dejó claro con ello que aquel contacto físico no era bienvenido. Cuando entraron en el local, él le dio su nombre a la camarera que se acercó a ellos, la cual les guió hasta la mesa que Ryan había reservado. Éste observó la bonita figura de Nicole, que llevaba una falda que le quedaba por encima de la rodilla, y pensó que nadie adivinaría que estaba embarazada.

Una vez que se sentaron, la camarera les tomó nota y les dejó una cesta de panecillos. Éstos parecían muy apetecibles y Nicole tomó uno de inmediato, lo abrió y untó mantequilla en el centro. La expresión de felicidad que esbozó al cortarlo en pequeños trozos y llevárselos a la boca, provocó que Ryan pensara en sexo.

Éste tomó su vaso de agua con hielo y dio un sorbo, pero no se calmó. Aquella mujer estaba afectándole. Pensó que seguramente era debido a la combinación de saber que no podía tenerla y su reciente celibato. Desde que había comenzado a buscar un vientre de alquiler, no había tenido tiempo de mantener ninguna relación sentimental.

–Ya has desestimado dos casas. ¿Tienes alguna sugerencia de dónde deberíamos buscar?

–El norte de Knoxville es agradable.

Él pensó que aquella zona estaba cerca del demasiado encantador barrio en el que vivían Beth y Patrick Ryan. Era una buena zona, pero demasiado agobiante para su gusto.

–Si tuviera tiempo, diseñaría y construiría una casa.

–¿Por qué no lo haces? –preguntó Nicole.

Ryan deseó que su futuro hijo tuviera los mismos ojos de su madre, los cuales eran preciosos.

–En seis meses no hay tiempo para hacerlo correctamente.

–Si utilizas a la mujer que alquilaste para que te diera un hijo, tendrás más tiempo.

–Ya le he pagado y el contrato ha quedado extinguido –respondió él, sorprendido.

–Estoy segura de que, si quieres, podrías volver a contratarla –insistió ella.

–Pero no quiero hacerlo.

–Sería mucho más fácil para todos si dejaras las cosas como están –comentó Nicole, dejando a un lado el pan.

–Lo más fácil no es siempre lo correcto. Y el tiempo es importante. Quiero tener un hijo antes del verano –explicó Ryan, que necesitaba un heredero antes de que su padre se jubilara.

En aquel momento su progenitor entró junto con sus amigos en el restaurante. Su querido padre tenía la costumbre de analizar con la mirada los lugares en los que entraba para buscar potenciales conexiones. Él también hacía lo mismo, aunque esperaba que de una manera más civilizada.

Tal y como había esperado, Harlan los vio y se acercó a ellos. Al llegar a su mesa, su padre lo ignoró y le tendió la mano a Nicole con extrema educación.

–No nos conocemos –dijo–. Soy Harlan Patrick. Y tú eres Nicole Hightower, ¿no es así?

–Sí –respondió ella, esbozando una profesional sonrisa–. ¿Eres el padre de Ryan?

Ambos hombres se parecían mucho entre sí. Los genes irlandeses de los Patrick eran fuertes.

–Efectivamente –contestó Harlan, dirigiéndose a su hijo a continuación–. Ryan, no me dijiste que ibas a cenar aquí esta noche. Podríais habernos acompañado.

–Nicole y yo tenemos que hablar de algunas cosas.

Ryan había elegido aquella mesa ya que no había espacio para que los amigos de su padre ni éste se sentaran con ellos.

–¿Te gustaría tomar algo con nosotros en la barra? –le ofreció su padre a Nicole.

–Nicole no bebe –respondió Ryan por ella.

–Me gustaría conocer más sobre Hightower Aviation –comentó su padre–. Patrick Architectural está considerando alquilar vuestros servicios.

Ryan se percató de que los ojos de Nicole reflejaron cierto pánico.

–Estoy segura de que HAMC cubrirá todas vuestras necesidades, pero en nuestro departamento de ventas responderán mejor a tus preguntas –explicó ella, tras lo cual buscó algo en su bolso y sacó una tarjeta de negocios–. Aquí tienes el número de teléfono de mi hermano Brent –dijo–. ¿Por qué no lo telefoneas?

Brent. Ryan pensó que éste probablemente estaba engañando a su esposa. Tras haber pasado tres minutos en su compañía durante el picnic en casa de Beth, había sacado la conclusión de que no se podía confiar en él. No le había caído nada bien. Y no quería que se acercara a su futuro hijo.

Tomó la tarjeta antes de que pudiera hacerlo su padre.

–Ya he hablado con uno de vuestros representantes comerciales, Nicole. Le di a mi padre su tarjeta y un folleto actualizado.

–No me mencionaste que te habías puesto en contacto con nuestros servicios –comentó ella.

–He estado analizando la posibilidad ya que la idea es financieramente viable para nosotros –respondió Ryan, dirigiéndose a su padre a continuación–. Papá, si nos permites…

Por alguna razón, estaba cansado de compartir la compañía de Nicole. Observó cómo Harlan esbozaba una mueca, lo que le dejó claro que éste no quería marcharse. Pero, tras un momento, su padre asintió con la cabeza.

–Hablaré contigo más tarde, Ryan. Encantado de conocerte, Nicole.

–Lo mismo digo –contestó ella. Cuando Harlan se hubo alejado, miró a Ryan con el miedo reflejado en los ojos–. ¿Por qué estás haciendo esto?

–¿Esto?

–Inmiscuirte en mi vida.

–Tienes algo que quiero. Y no me detendré ante nada para conseguirlo –espetó él.

Cuando salieron del restaurante ya había oscurecido. Mientras se dirigían en coche hacia la casa de Nicole, ésta pensó que Ryan estaba acosándola. Y no le gustaba.

–Hay otras compañías aéreas que ofrecen los mismos servicios. Podría recomendarte alguna.

–He investigado el mercado y Hightower es la mejor.

Ella pensó que, si no podía convencerle de que no contratara sus servicios, iba a tener que verlo frecuentemente, lo que no era algo positivo… a no ser que le diera acceso a su bebé.

–En vuestra página web no se menciona ningún proyecto internacional, por lo que contratar una compañía más pequeña os vendría mejor y sería menos costoso –insistió.

–Logísticamente no tenía ningún sentido en el pasado aceptar trabajos en el extranjero, pero si contratamos a Hightower Aviation no tendremos que rechazar ese tipo de trabajo en el futuro. Estoy pensando en contratar vuestros servicios durante un periodo de cinco años.

Al llegar a casa de Nicole, Ryan aparcó el coche en la entrada y ella agarró de inmediato el manillar de la puerta del vehículo.

–Gracias por la cena. Pero, por favor, la próxima vez telefonéame antes de quedar con los de la agencia para ver casas. Tengo otras cosas que hacer.

–¿Qué puede ser más importante que buscar un hogar seguro para el bebé que llevas en tus entrañas?

Nicole odió tener que admitir que él tenía razón. Entonces abrió la puerta del Corvette y salió de éste a toda prisa. Pero el sonido de las pisadas de Ryan detrás suya le dejó claro que no se había librado de él, el cual la siguió hasta su diminuto porche.

Tras tres intentos, logró abrir la puerta principal de su casa y se apresuró en entrar. Una vez dentro, se dio la vuelta para despedirse. Pero Ryan había decidido entrar en su vestíbulo aun sin haber sido invitado y chocó con él. El impacto la desestabilizó por completo.

Ryan la agarró por los codos. Su pelvis, sus muslos y su pecho presionaron los de ella… lo que provocó que Nicole sintiera como si le quemara la piel. Se quedó mirándolo a los ojos. No pudo respirar con normalidad y se advirtió a sí misma que se echara para atrás.

Pero no podía moverse. Sus músculos no le obedecían. Cuando él le miró los labios, el pánico se apoderó de sus sentidos. Se dijo a sí misma que seguro que no iba a…

–Ryan, no…

La boca de él ahogó su protesta. Tenía unos labios sorprendentemente suaves, pero al mismo tiempo exigentes y hambrientos. Eran unos labios que le hicieron disfrutar de una gran pericia, pericia que ella apreció enormemente. Levantó los brazos con la intención de apartarlo pero, en vez de ello, lo que hizo fue clavarle los dedos en sus fuertes bíceps y aferrarse a él.

Un escalofrío le recorrió el cuerpo. Sintió cómo Ryan le acariciaba el labio inferior con la lengua antes de penetrarle la boca con ésta. No pudo evitar sentirse invadida por el deseo y no fue capaz de encontrar la entereza para apartarse.

Emitió un gemido y sintió cómo él comenzaba a apartarse de ella. Una vez que dejó de besarla, se llevó los dedos a la boca e intentó no jadear.

–No deberías haber hecho eso –le reprendió.

–Estoy de acuerdo –concedió Ryan.

Nicole se abrazó la cintura y trató de controlar los temblores que se habían apoderado de su cuerpo. Nunca antes le había impactado tanto el beso de ningún hombre. Ni siquiera los de Patrick.

–Nos sentimos atraídos el uno por el otro debido a la alocada situación en la que nos encontramos. Tú no eres mi tipo. No te deseo –aseguró.

Ryan le miró entonces el escote y ella no tuvo que bajar la vista para saber lo que él estaba viendo. Sintió los pezones muy tensos y supo que se le estaban marcando por debajo de la camisa… contradiciendo sus palabras. Maldijo sus imprevisibles hormonas.

Ryan le acarició la mejilla con un dedo y aquel simple gesto la alteró de nuevo.

–Yo tampoco quiero desearte, Nicole, pero me resultas muy atractiva –confesó él.

Ella se apartó y comenzó a dirigirse al salón. Se detuvo en la puerta.

–Por favor, no digas eso de nuevo… ni vuelvas a besarme.

–No puedo prometer algo que no estoy seguro de poder cumplir –respondió Ryan.

–Tienes que marcharte –dijo Nicole, sintiendo el corazón demasiado revolucionado.

–Te telefonearé cuando la agencia inmobiliaria encuentre otra casa –contestó él antes de marcharse.

***

–Maravilloso –comentó Trent al entrar en el despacho de Nicole el lunes por la tarde.

–¿De qué estás hablando? –quiso saber ella.

–Patrick Architectural acaba de adquirir la copropiedad de un Cessna Citation X. Y te han citado a ti como el contacto –explicó su hermano, acercándole la carpeta que tenía en la mano.

En dicha carpeta se encontraba la documentación del contrato con Patrick Architectural, los cuales habían contratado el mayor nivel de servicios que ofrecía HAMC.

–Han solicitado que seas tú su gerente.

–Trent, tengo la agenda completa. Por favor, asígnales otra persona.

–No puede ser –contestó él con la tensión reflejada en la voz.

–Realmente no puedo ocuparme de ningún cliente más sin perjudicar el servicio que ofrecemos a los que ya tengo.

–Dudo que eso fuera a ser un problema, pero si estás preocupada, haré que otros empleados se encarguen de algunos de los clientes que ya tienes.

–No, no quiero renunciar a ningún cliente. Son como de la familia.

–Pues escucha; este acuerdo depende de que tú aceptes encargarte de Patrick Architectural.

Nicole pensó que tenía que convencer a Beth para que anunciara al resto de la familia su embarazo. Hasta ese momento, no podía explicarle a su hermano por qué tenía que rechazar a Patrick Architectural.

–Vamos, Trent, yo jamás discuto el trabajo que se me encarga… ni siquiera los casos más difíciles que otros rechazan. Lo sabes. Así que el hecho de que te esté pidiendo un respiro significa que lo necesito.

–Al finalizar la jornada, dile a Becky qué cliente vas a traspasar a otro gerente.

–Quieres quitarte el problema de encima y que trate con tu asistente. Trent…

–Familiarízate con los datos. Tienes la primera reunión con tu nuevo cliente el viernes por la tarde. A las dos.

–Pero…

–No hay peros que valgan, Nicole. Es un hecho –contestó su hermano, marchándose de su despacho.

Ella se echó para atrás en la silla de su escritorio y miró al techo. Sintió un cosquilleo por los labios, como si pudiera sentir de nuevo el beso que le había dado Ryan. Tenía mucho, mucho miedo de que éste volviera a besarla otra vez ya que no sabía si podría controlarse y rechazarlo.

Ignorando un leve mareo, se levantó y salió de su despacho.

–Oye, ¿dónde vas? –le preguntó Lea–. Tienes una reunión con Tri-Tech dentro de diez minutos.

–Tengo que hablar con Beth. Creo que podré regresar a tiempo para la reunión, pero si no, asegúrate de que Ronnie tenga su café con crema y un dónut.

–Entendido, jefa –contestó Lea.

Como Nicole no quería esperar al ascensor ni correr el riesgo de encontrarse con Ronnie y tener que regresar a su despacho sin haber hablado con Beth, bajó por las escaleras los tres pisos que separaban las plantas de ambas. Cuando por fin llamó a la puerta abierta del despacho de su hermana, estaba muy sudorosa y le faltaba el aliento.

Beth, que estaba hablando por teléfono, le indicó con una mano que se sentara en la silla para invitados. Pero Nicole no podía sentarse. Miró su reloj y comprobó que sólo quedaban ocho minutos para su reunión. Nunca había llegado tarde a una cita y no quería comenzar a hacerlo.

Dos minutos después, su hermana colgó el teléfono.

–¿Qué ocurre?

–Tenemos que contarle a la familia lo del bebé.

–Todavía no –respondió Beth, poniéndose tensa.

–Beth, la empresa de Ryan Patrick acaba de contratar nuestros servicios y ha exigido que sea yo su gerente. No puedo hacerlo. Tú y yo sabemos por qué, pero no le puedo decir a Trent la verdadera razón hasta que tú no le cuentes a la familia nuestro pequeño secreto.

–No estoy preparada –confesó Beth.

–¿A qué te refieres con que no estás preparada? Pronto comenzará a notárseme.

–Nicole, Patrick y yo estamos… teniendo problemas.

–Todos los matrimonios tienen momentos malos –comentó Nicole.

–Esto es algo más importante.

A Nicole se le aceleró el pulso. Durante los primeros años de matrimonio de su hermana con Patrick, había deseado egoístamente que éste se hubiera dado cuenta de que se había casado con la hermana equivocada. Pero aquello no era lo que quería o necesitaba en aquel momento. Si Beth y Patrick se separaban, la batalla legal por la custodia de su futuro hijo sería todavía más complicada. Y Ryan tendría aún más opciones de ganar.

–¿Es porque el bebé no es suyo?

–Eso es parte del problema –concedió Beth.

–Arreglarás la situación –le dijo Nicole a su hermana, invadida por el pánico–. Sois la pareja perfecta, ¿recuerdas?

–En esta ocasión la situación es distinta.

–Yo te ayudaré. Hablaré con Patrick. Haré lo que quieras que haga, pero debéis estar juntos. Os amáis –aseguró Nicole. Pensó que era muy irónico que estuviera suplicando que el hombre que una vez poseyó su corazón permaneciera casado con otra persona.

–A veces el amor no es suficiente. Este momento no es el más oportuno para anunciar lo del bebé.

–Lo has sabido desde hace cinco semanas.

–Dame un poco más de tiempo –pidió Beth, esbozando una tensa sonrisa–. Después, todo estará bien.

–No tengo más tiempo. Ya sabes que el miércoles me hacen una ecografía. La ginecóloga incluso dijo que tomará un video del bebé para nosotros.

–Patrick y yo tendremos que ver el video en otro momento –contestó Beth–. No estoy preparada para compartir las noticias.

–¿En otro momento? –preguntó Nicole, impresionada–. ¿No vas a venir conmigo a la cita?

Beth miró su calendario de manera exagerada.

–No puedo eludir las responsabilidades que tengo.

Nicole no podía recordar que su hermana le hubiera mentido nunca antes. Sí que había mentido por ella, en muchas ocasiones. Pero nunca le había mentido a ella. Beth era la publicista de HAMC y no había ninguna campaña urgente que tuviera que realizar. Normalmente en septiembre no había mucho trabajo y el despacho de Beth era prácticamente una tumba.

Bajó la mirada debido al dolor que sintió. Entonces se dijo a sí misma que debía recomponerse. Comprobó la hora en su reloj de muñeca y se dio cuenta de que ya llegaba tarde a su reunión. El pánico se apoderó de ella.

–Beth, por favor. Piénsalo. No puedo tener a Ryan como cliente.

–Lo siento, Nicole, pero no podemos anunciar el embarazo todavía. Quizá en unas semanas.

Toda aquella situación le dio mala sensación a Nicole. Había algo que no marchaba bien y hasta que no descubriera qué era, no podría arreglarlo.

–Beth, necesito tu ayuda.

–Ya no estamos en el instituto, Nicole. Las cosas ya no son tan sencillas como entonces. Ocúpate de tus problemas por una maldita vez y deja de gritar para pedir mi ayuda.

Estupefacta ante la vehemencia de su hermana, Nicole se percató de que estaba sola y de que no sabía cómo resolver el desastre en el que se había convertido su vida.

Capítulo Seis

El miércoles por la mañana, Nicole sintió cómo se le ponía la carne de gallina al ver a Ryan apoyado en el marco de la puerta de su despacho. Se le revolucionó el corazón.

–Ryan Patrick ha venido a verte –dijo alegremente Lea, la cual estaba junto a él.

–Ya lo veo –contestó Nicole, dirigiéndole a su asistente una fría mirada.

–Lo siento, yo estaba hablando por teléfono y simplemente le indiqué que pasara –explicó Lea.

–Gracias, Lea –ofreció Nicole, la cual no quería hablar con Ryan. Pero mientras que podía rechazar visitas personales en el trabajo, no podía negarse a ver a ningún cliente… y no sabía en calidad de qué se había acercado él hasta allí aquel día.

–Buenos días, Ryan. No te esperaba hasta el viernes –le saludó, levantándose. Tuvo que hacer un enorme esfuerzo para no quedarse mirándole la boca, pero ello no le ayudó a quitarse de la cabeza el recuerdo del beso que él le había dado, beso que no podía olvidar.

–La agencia tiene dos casas disponibles en esta parte de la ciudad –informó Ryan–. Ven a verlas conmigo durante tu hora de comer.

Nicole pensó que aquello era una orden, no una invitación.

–¿Estáis viendo casas juntos? –terció Lea, la cual prácticamente saltó de felicidad.

–Estoy ayudando a Ryan a que encuentre un hogar para él –respondió Nicole.

–Oh, había pensado que tal vez vosotros dos…

–Lea, ¿no tienes que pedir suministros para un vuelo al extranjero?

Por detrás de Ryan, Lea sacó la lengua. Nicole la ignoró y comprobó la hora en su reloj.

–Si hubieras telefoneado, te habría dicho que no puedo ir contigo –comentó–. Ya tengo una cita programada y debo marcharme en un momento.

Tras decir aquello, recordó que él había insistido en estar presente en las citas ginecológicas. Se preguntó a sí misma si debía decirle dónde iba, pero no sintió ganas de hacerlo. Pensó que, aunque Lea sí que sabía que iba a ir a la clínica, no sabía que el bebé era de Ryan…

–Cuando vuelvas, quiero ver el vídeo de tu renacuajo –dijo entonces su asistente–. Dijiste que tu ginecóloga iba a grabarlo en un CD, ¿no es así?

Nicole sintió cómo el frío le recorría el cuerpo.

–Ya hablaremos de eso más tarde –contestó.

–¿Tienes hoy cita con la ginecóloga? –exigió saber él, mirándola fijamente a los ojos.

–Sí –tuvo que admitir ella.

–No me lo habías dicho.

–No –confesó Nicole. De reojo, observó cómo su asistente fruncía el ceño–. Lea, por favor, puedes dejarnos a solas.

Lea no se movió. Pero entonces Ryan le dirigió una dura mirada y ésta se apresuró a salir del despacho. Él cerró la puerta tras ella.

–Te dije que quería acompañarte a todas las citas que tuvieras con la ginecóloga.

–Mi abogada me ha dicho que no tengo por qué dejar que te inmiscuyas en mis citas privadas. Simplemente tienes derecho a conocer lo que la ginecóloga dictamine acerca del bebé.

–No creo que quieras comenzar una guerra conmigo, Nicole –respondió Ryan, adoptando una fría actitud.

Ella tuvo que reconocer que no quería entablar una lucha con él. No sólo porque su abogada le había recomendado que no lo hiciera, sino porque tenía que reconocer que disfrutaba de su compañía. Ryan era elegante, atractivo y ambicioso… pero nada de eso importaba ya que no estaba buscando mantener una relación sentimental.

–Te haré una copia del vídeo de la ecografía –dijo, humedeciéndose los labios.

–No me parece suficiente. Quiero estar allí para poder realizar preguntas.

–Lo siento –se negó ella–. Realmente tengo que hacer esto sola –añadió. No quería que él estuviera presente por si acaso se venía abajo durante la ecografía. Le estaba resultando cada vez más dura la idea de sentir dentro de sí a su bebé ya que iba a tener que entregarlo.

–No va a ser posible.

–Ryan…

–Voy a ir contigo.

–¿Y qué ocurre con las casas?

–Pospondré nuestra cita.

En ese momento sonó la alarma del teléfono móvil de Nicole. Si no se marchaba en aquel momento, llegaría tarde a su cita. Fue consciente de que tenía que dejar que la acompañara.

–Puedes seguirme en tu coche hasta el centro médico –le dijo a Ryan.

–¿Para darte la oportunidad de perderme entre el tráfico? No, iremos juntos –contestó él.

–Yo conduzco.

Ryan abrió entonces la puerta del despacho y le indicó a ella que saliera primero. Nicole tomó su bolso y salió de la sala. Sintió cómo él le ponía una mano en la espalda y se le aceleró el pulso. Deseó que dejara de hacer aquello…

Gracias a Dios, Lea estaba hablando por teléfono cuando pasaron por delante de ella, aunque más tarde llegarían las preguntas ya que la asistente querría saber dónde habían ido juntos.

Nicole guió a Ryan hasta su coche y éste se sentó en el asiento del acompañante.

–Bonito coche –comentó.

El Cadillac SRX Crossover de ella era blanco, cómodo y espacioso.

–En ocasiones tengo que llevar a clientes junto con sus equipajes a algún lado de la ciudad. Como debes de haber supuesto, tratamos con gente de clase alta. Es necesario un vehículo de lujo.

–¿Van a estar presentes también Beth y Patrick en la cita ginecológica?

–No –contestó Nicole, que en realidad no quería tratar el tema de su hermana.

–¿No están interesados en el niño?

–Sí, pero están… Hoy no es un buen día.

–¿Para ninguno de los dos? –preguntó él, frunciendo el ceño.

–No. Pero verán el vídeo.

Ella pensó que la presencia de Ryan dominaba el interior de su coche. Fijó la mirada en las bronceadas manos de él y se preguntó cómo sería sentir que éstas le acariciaran la piel.

–Ryan, no puedo ser vuestra gerente en Hightower Aviation. Existe un conflicto de intereses.

–Uno de tus hermanos me aseguró que tú lo harías muy bien.

–¿Le hablaste del bebé? –preguntó Nicole.

–No, simplemente le dije que éramos… conocidos. Él sacó sus propias conclusiones.

–Quieres decir que piensas que él cree que somos amantes –comentó ella, dirigiéndole una exasperada mirada–. Torturarme no va a lograr que esta situación sea más cómoda.

–No te estoy torturando. Voy detrás de lo que es mío.

–Ya te lo he dicho; el bebé no es tuyo, lo único que te une a él es un vínculo genético.

–Tengo con mi futuro hijo una conexión legal, que es lo que importa.

En ese momento, Nicole divisó el edificio en el cual estaba ubicado el centro médico. Pensó que la ecografía iba a ser dura. Una parte de ella estaba deseando ver la vida que crecía dentro de su vientre, pero al mismo tiempo temía hacerlo. Aparcó el vehículo, pero pareció no ser capaz de soltar el volante.

–¿Nicole?

–Ya estamos aquí –dijo ella con la voz más alegre que pudo entonar.

–¿Es tu primera ecografía? –quiso saber Ryan.

–Sí.

–Pues vamos –la alentó él, bajándose del coche. Se dirigió a abrirle la puerta pero, al no salir Nicole del vehículo, se agachó para mirarla a los ojos–. La ecografía no os hará daño ni al bebé ni a ti. No tienes que preocuparte por nada.

–Ya sé que no duele –contestó ella, impresionada ante el hecho de que él estuviera consolándola.

–Venga… vamos a ver lo que hemos creado –dijo Ryan, ofreciéndole una mano.

A Nicole casi le cayó bien él en aquel momento. Aceptó su ayuda y salió del coche. Cuando ambos entraron en la clínica, le tembló la voz al darle su nombre a la recepcionista.

Entonces se sentó junto a Ryan en la sala de espera. Varias mujeres les sonrieron como si creyeran que eran una pareja feliz a la espera de ver la carita de su bebé.

Sintió un nudo en la garganta y unas enormes ganas de salir corriendo. Emitió un leve gemido e intentó disimularlo fingiendo que tenía tos.

Ryan le puso una mano sobre la suya en el apoyabrazos de la silla. Sobresaltada, ella lo miró y vio cierta comprensión reflejada en sus ojos. Pero no quería compartir su pena con él.

–¿Nicole? –la llamó una mujer vestida de uniforme rosa.

Ella se levantó y se apresuró a alejarse de la no deseada conexión que sentía con Ryan.

Pero éste la siguió de cerca.

–¿Quién ha venido para acompañarte hoy? –preguntó la enfermera, esbozando una sonrisa.

–Ryan Patrick, el padre del bebé –dijo él antes de que Nicole pudiera contestar.

–Hoy vais a ver a vuestro pequeño –comentó la alegre mujer, indicándole a Nicole que se subiera al peso de la sala en la que habían entrado–. Pero primero, veamos cómo está mami.

Nicole sintió cómo se le formaba un nudo en la garganta al oír la palabra «mami».

La enfermera anotó el peso de Nicole y le tomó la tensión.

–¿Estás teniendo algún problema? ¿Te está costando rebajar la comida? ¿Vas mucho al servicio?

–Estoy bien –contestó Nicole, incómoda ante la presencia de Ryan–. Todo está bien.

–Papá y yo esperaremos por ti en la sala número cuatro –informó la enfermera–. Tú dirígete al laboratorio.

Papá. Nicole miró a Ryan, el cual parecía un poco impactado.

Entonces se dirigió al laboratorio y, mientras le sacaban sangre, se preguntó qué le estaría contando el padre de su futuro hijo a la enfermera. Cuando por fin llegó a la sala, era la mujer la que estaba dirigiéndose a Ryan.

–El primer bebé que se tiene siempre es el más emocionante. Todavía es muy pronto, pero tal vez podamos ver si es niño o niña. ¿Queréis saberlo?

–No –terció Nicole.

–Sí –contestó él al mismo tiempo.

–Le advertiré a la doctora que tenemos diferencia de opiniones –dijo la enfermera, riéndose–. La doctora Lewis vendrá ahora mismo. Quítate la falda, cariño, y tápate por abajo con esto.

Nicole se quedó petrificada, pero la enfermera se marchó antes de que ella pudiera protestar. Despacio, miró a Ryan. No pudo evitar sentir vergüenza al recordar la ropa interior que se había puesto aquel día. Llevaba una diminuta braguita negra ya que la encargada de darle cita para la ecografía le había sugerido que llevara algo muy pequeño o nada para la prueba.

Pero no quiso que él la viera con aquella ropa interior. Entonces se percató de la cortinilla que había a un lado de la sala y la corrió para poder quitarse la falda y taparse con privacidad.

Una vez que se hubo cubierto con la sábana rosa que le había dado la enfermera, se sentó en la camilla.

En ese momento, se abrió la puerta de la sala.

—Hola —saludó la ginecóloga a Ryan—. ¿Usted es…?

—Ryan Patrick. El padre del bebé.

—Yo soy Debbie Lewis, la ginecóloga de Nicole. No me había dicho que hoy nos acompañaría.

—La acompañaré en cada cita.

La respuesta de él provocó que Nicole se estremeciera. Se percató de que, aunque Debbie conocía la situación en la que ella se encontraba, le había chocado la presencia de Ryan.

—Hola, Nicole —la saludó entonces la ginecóloga a través de la cortinilla—. ¿Estás preparada?

—Sí —mintió ella.

—Túmbate —dijo Debbie, corriendo la cortinilla hacia un lado—. Y súbete el jersey, por favor.

Nicole se subió el jersey y la blusa hasta las costillas. Le pareció oír que Ryan aspiraba, pero se dijo a sí misma que seguramente estaba equivocada.

La doctora le palpó el estómago y anotó algunos datos. Entonces tomó un tubo.

—Primero vamos a escuchar el latido del corazón del bebé con el Doppler. Prepárate, el gel está frío.

Decidida a fingir que Ryan no estaba allí, Nicole se centró en el aparato que le estaba moviendo la doctora por la tripa. Pero, extrañamente, la presencia de él provocó que sintiera cierta calidez y que se le endurecieran los pezones. Se le aceleró el pulso y trató de convencerse a sí misma de que aquella sensación era debida a la emoción de estar a punto de oír y ver al bebé.

Entonces escucharon lo que al principio pareció como un pequeño ruido, ruido que en pocos instantes se transformó en un rítmico sonido.

–Ése es el latido del corazón de vuestro bebé.

A Nicole le faltó el aliento. Contra su voluntad, miró a Ryan. Observó que éste estaba mirándole el estómago fijamente y que parecía muy emocionado. Aquella emotiva respuesta aumentó la que estaba sintiendo ella misma. No pudo evitar que los ojos se le llenaran de lágrimas.

Capítulo Siete

Su bebé.

A Ryan le faltaba el aliento. Observó cómo la gine-cóloga retiraba el Doppler de la delicada piel del estó-mago de Nicole y, cuando le colocó correctamente la sábana rosa, pudo ver durante un momento parte de la diminuta braguita que llevaba la madre de su futu-ro hijo… y la sombra de los rizos marrones que ésta cu-bría. Se sintió profundamente excitado y tuvo que sen-tarse en la silla de las visitas.

–El latido del corazón del bebé es el normal –co-mentó Debbie, que a continuación acercó a la cami-lla un aparato con televisión incluida.

Volvió a echar más gel sobre la tripa de Nicole, a la cual se le puso la piel de gallina. Entonces le colocó so-bre el estómago el dispositivo para realizar la ecografía y los tres pudieron ver en la pantalla el reflejo de una imagen fantasmagórica.

–Aquí está el bebé –comentó.

A Ryan se le erizó el vello corporal. Ya había pasa-do por aquello mismo con anterioridad; había visto un bebé que había pensado que era suyo a través de una ecografía.

–Ése es el corazón –indicó la ginecóloga, señalan-do un círculo que se contraía y expandía–. Y ésa la ca-beza –añadió al mover el monitor–. Voy a tomar algunas medidas. ¿Podéis ver las facciones de vuestro hijo?

Él sintió como si se hubiera quedado mudo. No podía emitir palabra alguna debido a lo emocionado que estaba y sólo logró asentir con la cabeza. Observó los ojos, la pequeña nariz y la barbilla de su pequeño y se le formó un nudo en la garganta.

–¿Tiene buen aspecto el bebé? –logró preguntar por fin con la voz entrecortada.

–No se puede ver todo con una ecografía, pero lo que veo es normal.

Ryan se sintió invadido por una abrumadora sensación de responsabilidad. Haría lo que fuera para proteger aquella pequeña vida.

En teoría, tener un heredero para asegurar que su padre le traspasara a él la empresa familiar había sido un buen plan. Pero la realidad de ser el responsable del bienestar de aquel pequeño le asustaba enormemente.

Miró a Nicole. Ésta tenía la agonía y el asombro reflejados en la cara al mismo tiempo. Las lágrimas que le caían por las mejillas mientras observaba sin parpadear la pantalla con la imagen de su futuro hijo le conmovieron profundamente.

La había malinterpretado completamente. Había creído que para ella tener aquel bebé para entregárselo a su hermana era algo fácil. Pero se había equivocado. Le dio la impresión de que, a juzgar por la expresión de su cara, Nicole quizá cambiara de idea y se negara a renunciar a su pequeño. Aquella posibilidad le perjudicaría a él enormemente.

Decidió que debía ganarse a la madre de su futuro hijo, debía acercarse a ella para anticipar su siguiente movimiento y poder actuar en consecuencia. No iba a perder otro bebé.

Nicole se apresuró a salir del edificio mientras intentaba ignorar el dolor que la estaba partiendo en dos. Un instinto maternal que había ignorado tener se había apoderado de ella.

Se preguntó a sí misma cómo iba a ser capaz de mantener la promesa que les había hecho a su hermana y a Patrick.

Pero a no ser que éstos renunciaran al contrato, tenía que hacerlo o su familia se pondría en su contra.

Trató de convencerse de que lo que estaba sintiendo era simplemente una reacción a la impresión de haber visto al bebé en la pantalla del monitor…

Ryan la agarró por el codo cuando casi habían llegado al coche. A pesar del sol que hacía, ella tenía tanto frío que no podía dejar de estremecerse. Él le acarició los bíceps para hacerle entrar en calor y Nicole deseó que dejara de tocarla ya que la reacción de su cuerpo le confundía.

Cuando dejó de estremecerse, Ryan la agarró con fuerza a modo de apoyo y ella no pudo evitar que, de nuevo, las lágrimas empañaran su mirada. Pensó que aquello era mucho más difícil de lo que había pensado que sería. Antes de levantar la vista, trató de ocultar el huracán de emociones que se había apoderado de sus sentidos.

–Dame las llaves del coche, Nicole –ordenó él… con la suavidad reflejada en la voz y la comprensión en la mirada–. No estás en condiciones de conducir.

Sin ganas de discutir, ella le entregó las llaves. Ryan le rozó la mano al tomarlas y Nicole sintió cómo una llamarada de energía le recorría el brazo.

Se preguntó a sí misma cómo lograba él hacer aquello, cómo lograba afectarla tan intensamente.

Ryan le secó una lágrima que le caía por la mejilla y, a continuación, la ayudó a subir al coche como si fuera muy frágil. Entonces se dirigió a la puerta del conductor.

Ella pensó que aquel hombre la desconcertaba profundamente. En ocasiones era muy galante, tenía una cortesía casi anticuada, como de otra generación, pero las opciones que tomaba en la vida eran muy modernas, como demostraba el hecho de que hubiera optado por un vientre de alquiler para tener un hijo. Y aquella contradicción le intrigaba. La emoción que él había mostrado al haber visto al bebé, emoción que no había sido capaz de ocultar, había alterado su convicción de que sería un mal padre.

Pero se preguntó a sí misma cómo podía ser buen padre alguien a quien le gustaba tanto el riesgo y las emociones fuertes. Sus propios padres eran un ejemplo perfecto de ello. Éstos habían viajado por todo el mundo, siempre buscando pasarlo bien. Su madre había elegido hombres y su padre casinos mientras dejaban a sus hijos en casa al cuidado de niñeras.

Ryan se sentó en el asiento del conductor y arrancó el coche.

–¿A qué hora tienes tu próxima cita?

–Esta tarde no tengo ninguna cita oficial. Voy a realizar ciertas programaciones –contestó Nicole, que había decidido de antemano darse tiempo para recuperarse emocionalmente tras la ecografía–. ¿Por qué?

–Vamos a comer antes de que te lleve de vuelta al trabajo.

Ella había planeado comer antes de regresar a su despacho, pero no con él. Necesitaba estar sola.

–No es necesario.

–Ambos necesitamos despejarnos. Y también podemos comprar lo que te han recetado.

–Puedo hacerlo yo sola –respondió Nicole, preguntándose si él no la había escuchado.

–Quiero asegurarme de que tienes las medicinas que debes tomar y pretendo ayudarte con los gastos médicos.

–Gracias, pero no.

–¿Están pagando Beth y Patrick tus facturas médicas? –quiso saber Ryan.

–No. Éste es mi regalo para ellos. Mi seguro de sanidad cubre casi todo.

–¿Qué clase de acuerdo es ése? Eres tú la que haces todas las concesiones.

–Así es como quiero que sea –comentó Nicole, recordando que su hermana le había confiado que su economía familiar se había visto muy mermada tras años de tratamientos de fertilidad.

–Pues yo voy a ayudarte.

Ella pensó que lo último que necesitaba en aquel momento era la actitud dominante de Ryan. Lo que ansiaba tener era paz, tranquilidad y tiempo para pensar. La emocionante cita con la ginecóloga la había dejado exhausta. Sintió cómo comenzaba a tener dolor de cabeza.

–¿Vas a venir todas las mañanas a comprobar que me tomo las pastillas del hierro junto con mis vitaminas prenatales? –preguntó con sarcasmo.

Pero de inmediato se percató de que comportarse de aquella manera era un error si quería mantener una relación cordial, tal y como le había recomendado su abogada.

–¿Tengo que hacerlo? –respondió él.

–Jamás haría nada que pusiera en peligro a mi futuro hijo.

–A nuestro futuro hijo. Tuyo y mío –la corrigió Ryan–. Admítelo, Nicole, tras haber visto al bebé en la ecografía, no quieres entregárselo a tu hermana y a tu cuñado.

Aquello era cierto. Impresionada, Nicole se preguntó cómo había sabido él algo que ella ni siquiera había querido admitir ante sí misma.

–Lo que yo quiera es irrelevante. Di mi palabra y firmé un contrato –contestó–. El bebé estará mejor con dos padres.

–¿Con dos padres que discuten sin cesar?

–Ésta es una época muy estresante para Beth y Patrick. Han estado años intentando que ella se quedara embarazada. Se aman mucho, aunque ahora sea un poco difícil darse cuenta de ello. Una vez que nazca el bebé, todo estará bien de nuevo.

–Realmente no crees eso, ¿verdad?

–Sí, lo creo –contestó Nicole. Pero, en realidad, tras haber hablado con Beth ya no estaba tan segura.

–Es mejor estar con sólo un progenitor que te quiere que en medio de dos padres que te utilizan como arma para luchar contra el otro. Yo tuve ese tipo de infancia y no permitiré que mi hijo tenga que pasar por lo mismo.

Ella sintió una gran compasión por Ryan, compasión y empatía.

–Lo siento, Ryan.

–Sobreviví –respondió él, encogiéndose de hombros. A continuación introdujo el coche en la entrada de un restaurante y se acercó a la ventanilla donde se ofrecía el servicio de comida para llevar.

Sin preguntarle a Nicole sus preferencias, pidió una gran variedad de comida. Y, cuando por fin le entregaron la bolsa con su pedido, se la dio a ella. El delicioso aroma a pollo frito, barbacoa y estofado, impregnó el vehículo. Entonces Ryan arrancó éste de nuevo y se dirigió hacia el pueblo.

Nicole se echó para atrás en el asiento y se aferró a la bolsa de comida. Recordó los diez deditos que habían visto en las manitas y piecitos de su bebé. Se preguntó de nuevo cómo iba a ser capaz de renunciar a él. No protestó cuando Ryan introdujo su coche en el aparcamiento del bloque de pisos donde vivía. Pero se puso rígida al observar que él no aparcaba el vehículo, sino que continuaba hacia el muelle.

–¿Por qué estamos aquí?

–Vamos a dar un breve paseo en yate y después haremos picnic.

–No creo que sea buena idea –dijo ella, sintiendo cómo aumentaba su inquietud.

–¿Te mareas en los barcos?

Nicole pensó que Ryan le hacía sentir cosas que no debía ni quería volver a experimentar. Cosas que no quería creer que pudiera sentir por otro hombre que no fuera Patrick.

–No me mareo, pero no puedo perder todo un día en el río.

–Navegar por el agua con el viento dándote en la cara te aliviará el estrés.

–¿Quién ha dicho que estoy estresada?

Pero él se bajó del coche, se quitó la chaqueta y la metió en el asiento trasero. Entonces se quitó la corbata, se desabrochó los puños de la camisa y comenzó a hacer lo mismo con los botones.

Ella sabía que no debía haberse sentido hipnotizada por aquellas acciones, pero no podía apartar la mirada… ni moverse. Era consciente de que Ryan no iba a desnudarse, pero sus movimientos eran tan eróticos como los de un *stripper*. Sintió que dejó de estar tan cansada al observar cómo él se quitaba la camisa y se quedaba en camiseta. Ésta era blanca, de algodón, y le marcaba los músculos.

Ryan dejó la corbata y la camisa sobre su abrigo. Ella se preguntó si debía jugar seguro e insistir en que la llevara de vuelta a su despacho o si debía hacer uso de su habitual aplomo para salir airosa de aquella comida. Le dio un vuelco el estómago… y supo la respuesta a su pregunta, aunque no era la respuesta que había querido. No deseaba pasar tiempo con él, pero sabía que sería inteligente si aprovechaba la oportunidad que se le había presentado; podría enterarse de todo lo que pudiera sobre él y descubrir alguna debilidad que Beth y Patrick pudieran utilizar en su contra en la batalla por la custodia.

Resignada ante su futuro, abrió la puerta del acompañante y salió del vehículo con la bolsa de la comida en la mano. En ese momento, Ryan se acercó y tomó la bolsa.

—Estarás más cómoda sin el jersey.

Nicole miró el jersey de seda negra que se había puesto aquella mañana sobre la blusa ya que había hecho un poco de frío. Pero en aquel momento brillaba el sol y hacía una temperatura bastante cálida, así como también corría una leve brisa que le alborotaba el cabello. Era un día muy bonito, uno de los pocos días cálidos que quedaban antes de que llegara el otoño.

Se quitó el jersey y lo dejó en el asiento del acompañante. Ryan se dio la vuelta y se dirigió hacia los yates que había en el muelle.

Decidida a comer rápido y regresar al trabajo, ella lo siguió. Observó cómo él subía a un pequeño yate blanco, cómo dejaba la bolsa en la cubierta de éste y cómo le tendía la mano.

—Pásame tus zapatos.

Ella se planteó de nuevo si debía ir con él pero, aun así, se quitó los zapatos de tacón y se los entregó. Ryan colocó los zapatos en un chiribitil que había en la cubierta y volvió a ofrecerle ayuda.

—Venga, sube al yate.

Nicole pensó que tocar a aquel hombre de nuevo era una mala idea pero, si se resbalaba, podría dañar al bebé. A regañadientes, puso la mano en la de él. Sintió cómo su cuerpo respondía de inmediato con un inoportuno entusiasmo ante el calor y la fortaleza de Ryan.

Una vez que por fin estuvo en la cubierta del yate, él le indicó unos asientos.

—Siéntate y relájate. Yo voy a poner el motor en marcha.

Ella estaba demasiado alterada como para sentarse pero, como no había suficiente espacio para andar, se quedó de pie donde estaba. Al observar cómo Ryan se movía por el barco, no pudo evitar preguntarse si su futuro hijo heredaría la constitución atlética de su padre y el poder que éste desprendía, así como su tradicional cortesía.

Pero supo que, si Patrick criaba al pequeño, aquello no ocurriría.

Trató de quitarse aquel oscuro pensamiento de la cabeza y se reprendió a sí misma diciéndose que Patrick era el mejor padre que su futuro hijo podría tener. Era un hombre paciente, amable e intelectual, un hombre que amaba aprender cosas nuevas. Si nunca le abría las puertas a su hermana ni le separaba las sillas, era porque era un hombre moderno que trataba a las mujeres de igual a igual... aunque pensó que en realidad era un calzonazos.

Aquel feo pensamiento le impresionó. No supo de dónde había salido. Era cierto que Beth era muy mandona y que le gustaba salirse con la suya, así como que Patrick se lo permitía, pero sólo era porque la amaba y no quería causar problemas. La personalidad tan afable y fácil de su cuñado había sido lo que le había atraído de él cuando lo había conocido...

Ryan soltó uno de los cabos del yate. Los fuertes brazos y anchos hombros de éste captaron la atención de Nicole. Él se giró inesperadamente y se percató de que ella había estado observando su cuerpo. Se le dilataron las pupilas al mirarla fijamente a los ojos.

A Nicole se le hizo la boca agua y se le alteró el pulso al recordar el beso tabú que él le había dado. Entonces se quedó mirando su labio superior y, a los pocos segundos, con tremendo esfuerzo, fue capaz de apartar la mirada de la tentación. Se centró en la gran letra T que había impresa en un lateral del *Neyland Stadium*, el estadio de los Tennessee Volunteers. Pero lo que no logró fue aliviar la intensa sensación que se había apoderado de su interior.

Pensó que ya no podía seguir negando la verdad; se sentía sexualmente atraída por Ryan.

Se puso muy tensa al acercarse él a su lado y apartarle el pelo de los ojos con una delicada caricia. Entonces sintió cómo le quitaba el broche del cabello y vio que se metía éste en el bolsillo.

–¡Oye!

–Espero que nuestro futuro hijo herede tu sedoso pelo. Va a ser un bebé precioso, Nicole.

Ella se sintió muy alarmada y fue consciente de que necesitaba apartarse de él… pero no le respondían los músculos. Un escalofrío le recorrió el cuerpo y se le endurecieron los pezones. Sintió cómo se le aceleraba el pulso y cómo un intenso deseo se apoderaba de su estómago. Quiso exigirle que se apartara, pero no fue capaz de emitir palabra alguna.

Ryan le acarició el cuello y reposó los dedos en su clavícula. De mala gana, Nicole levantó la vista y lo miró. Pudo observar que él estaba mirándole la boca con apasionamiento.

Y deseó que volviera a besarla.

Al percatarse de ello, gimió y se preguntó cuánto tiempo hacía que no deseaba besar a nadie. No había anhelado hacerlo desde lo de Patrick. Era cierto que durante los anteriores seis años había salido con hombres con los que se había besado, pero jamás había ansiado un beso de éstos como ansiaba el de Ryan.

Él comenzó a masajearle la nuca con una mano, mientras reposaba la otra en su cintura. La atrajo hacia sí. Entonces la besó y Nicole se sintió invadida por unas intensas olas de placer. La pasión se apoderó de ella al sentir cómo Ryan abría y cerraba la boca, cómo le tomaba el labio inferior entre los suyos y cómo lo mordisqueaba para, a continuación, acariciarlo con la lengua.

El deseo venció su resistencia. Sintió cómo la caliente lengua de él acariciaba la suya mientras le cubría uno de sus pechos con una mano. Entonces lo abrazó por la cadera para, a continuación, subir las manos hasta sus anchos hombros.

Ryan le acarició el trasero y la presionó contra su cuerpo. Ella se sintió muy estimulada al notar el erecto órgano de él presionándole la tripa. Se sintió aturdida y no pudo respirar con normalidad. Un cosquilleo le recorrió el pecho bajo la caricia de él y anheló aún más. Más besos, más caricias, más de su sabor...

Como si le hubiera leído el pensamiento, Ryan comenzó a besarla aún más profundamente y, al encontrar su endurecido pezón, comenzó a juguetear con él. Una intensa necesidad se apoderó del centro de la feminidad de Nicole, necesidad que le hizo sentir un desconocido vacío que ansiaba ser saciado.

Se preguntó a sí misma por qué nunca antes había deseado nada de aquella manera, por qué lo anhelaba en aquel momento y por qué era Ryan el objeto de sus ansias. Entonces lo abrazó con fuerza por el cuello.

Él se estremeció y gimió en su boca. Aquello le hizo desear aún más de lo que le estaba haciendo a su cuerpo, a su mente, a su alma... Pero, al mismo tiempo, su respuesta le asustó tanto que le hizo percatarse de que aquélla era la misma seducción que había llevado a su madre a mantener demasiados superficiales romances.

El pánico se apoderó de ella y empujó a Ryan por el pecho para apartarlo. Jadeando, se alejó de él cuanto pudo. Se dijo a sí misma que no iba a terminar siendo como su madre.

–Nicole –dijo Ryan, acercándose a ella de nuevo con la pasión reflejada en los ojos.

Pero Nicole lo eludió. Tenía que hacerlo. Lo que despertaba en ella era demasiado peligroso.

–Ryan, no podemos hacer esto. Este deseo, esta conexión entre ambos… no es real. Estamos embrujados por el mágico momento que vivimos hoy en la consulta de la ginecóloga.

–Si eso es lo que crees, estás engañándote a ti misma –respondió él, frunciendo el ceño.

–No puedo mantener una relación con un hombre que está intentando quitarme mi bebé y destruir la relación que tengo con mi familia.

–Es «nuestro» bebé –volvió a corregirle Ryan.

El bebé de ambos. Aquellas palabras provocaron que un sueño que Nicole había enterrado hacía mucho tiempo resucitara… el sueño de tener su propia casa y una familia con un hombre que la adorara. Aquel sueño había muerto para ella cuando el hombre que había amado se había casado con su hermana.

–Deja de decir eso.

–El no decirlo no cambiará la realidad.

–Quiero desembarcar.

–Primero me gustaría enseñarte algo –contestó él, agarrándola por el codo.

–Creo que no…

–Mi deporte favorito en el río se practica a más o menos un kilómetro y medio de aquí. Nuestro hijo o hija lo verá muchas veces.

–Montar en barco no es seguro para un bebé –respondió ella.

–Ya te he dicho antes que no corro riesgos innecesarios. Hay chalecos salvavidas para niños. Amo el agua y pretendo compartir mi pasión con mi futuro hijo de la misma manera que mi abuelo compartió la suya conmigo.

Instantáneamente, la imagen de un desgarbado niño

de pelo oscuro y ojos azules se apoderó de la mente de ella. La tensión se palpó en el ambiente al quedarse ambos mirándose a los ojos. Nicole se preguntó a sí misma si se atrevía a ir con Ryan y, ansiosa por conocer todo lo que tal vez fuera a perderse del futuro de su hijo, inclinó la cabeza.

Él le soltó el codo y se agachó, por lo que rompió la conexión visual entre ambos. Cuando se levantó, ya no tenía el deseo reflejado en la cara. Le ofreció una gorra y un chaleco salvavidas que había sacado de uno de los compartimientos laterales de la cubierta.

–No tengo crema solar en el yate, por lo que necesitarás la gorra. Mantén cerca de ti el chaleco salvavidas.

Tras decir aquello, Ryan se dio la vuelta y se dirigió al timón del yate. Encendió el motor de éste y observó cómo Nicole se sentaba en uno de los asientos de cubierta con el chaleco salvavidas aferrado a su pecho.

Segundos después, el yate se alejó suavemente del muelle. Ella respiró profundamente y pensó que, al haber detenido el beso, había evitado una catástrofe. Pero, extrañamente, el alivio que sintió se parecía demasiado a la decepción y el hambre que se había apoderado de su estómago no tenía nada que ver con los deliciosos aromas que emitía la bolsa de la comida…

Capítulo Ocho

Ryan pensó que besar a Nicole había sido un error… en ambas ocasiones.

Ella era de las personas a las que les gustaría casarse y él no.

A ella le gustaba estar con la familia. A él no.

Ella ponía a otros por delante de sí misma, cosa que él no hacía.

Pero sus labios, así como sentir sus pechos bajo su mano y su delicado cuerpo presionando al suyo, le habían alterado por completo.

Introdujo el yate en su cala favorita, apagó el motor y dejó que la inercia llevara la embarcación hasta el muelle.

En ese momento pensó que no había mejor manera de asegurarse la custodia de su futuro hijo que casándose con la madre de éste.

Pero, de inmediato, apartó aquella idea de su cabeza ya que sabía el efecto tan negativo que podía tener en un niño criarse dentro de un matrimonio sin amor. Antes de que hubiera dejado a su padre, su madre había sido una persona muy exigente que había requerido incesantemente que su marido le prestara más atención. Él sospechaba que se parecía demasiado a su padre, el cual había sido adicto al trabajo y siempre había dado preferencia a sus responsabilidades laborales. Todavía tenía que encontrar alguien o algo que le interesara más que el trabajo. Y jamás había conocido a una mujer en la que pudiera confiar.

Pero entonces se imaginó a Nicole tumbada en su cama... y se apresuró en apartar aquella imagen de su mente. Amarró el yate al muelle, pero la idea de estar con ella no le abandonó.

–¿Podemos estar aquí? –preguntó Nicole al levantarse.

–Sí, tenemos autorización. Ésta es una de las casas que la agencia inmobiliaria va a enseñarnos –explicó Ryan, indicando el cartel de «Se vende» que había en el jardín de la propiedad.

–Pensé que ibas a enseñarme tu lugar favorito.

–Es esta cala. No hay mucha corriente y se puede realizar buena pesca.

–¿No podríamos haber venido en coche? –quiso saber ella. Parecía recelosa.

–En coche no se te habría quitado el dolor de cabeza.

–Nunca dije que tuviera dolor de cabeza –respondió Nicole, frunciendo el ceño.

–No había necesidad de que lo dijeras; pude verlo reflejado en tu cara y en la manera tan tensa en la que girabas la cabeza. Por eso te solté el pelo. Pero ya no te duele, ¿verdad?

–No –contestó ella, frunciendo aún más el ceño–. Pero pensé que ibas a cambiar la cita.

–Como de todas maneras teníamos que venir por aquí para encontrar un lugar donde hacer picnic, no había ninguna razón para cancelar la cita. La casa está vacía. Comeremos en el cenador. El agente inmobiliario se reunirá con nosotros en treinta minutos para enseñarnos la propiedad –dijo Ryan, tomando los zapatos de Nicole y la bolsa de comida. Dejó ambos en el muelle.

Entonces salió él mismo al muelle y le ofreció una mano a ella para ayudarla. Observó que Nicole vacilaba antes de aceptar su ayuda. Aunque estaba preparado para ello, aquel contacto físico le desestabilizó por completo.

–Ponte los zapatos. No querrás que se te clave una astilla –comentó, tomándola por los brazos para así ayudarle a mantener el equilibrio. Sintió unas intensas ganas de acariciarle la tripa.

En cuanto ella se puso los zapatos, la soltó y la guió hacia el cenador. Dejó la bolsa de comida en la mesa de picnic.

–Esto es muy agradable –comentó Nicole al ver por dentro el bonito cenador.

Pero Ryan no centró su atención en los antiguos y bonitos muebles de madera que allí había, sino que fijó la mirada en la pálida garganta de ella.

–Esta casa tiene el tipo de valla del que te hablé; el jardín está protegido del agua y del muelle –continuó Nicole–. Un niño podría jugar aquí de manera segura.

–Las vallas consiguen mantener alejado de los problemas a un niño vergonzoso, pero uno curioso encontraría la manera de salir.

–¿Habla la voz de la experiencia? –preguntó ella.

–Sí. Fui un niño curioso –contestó él–. ¿Y tú?

–Me metí en algunos problemas, pero Beth siempre me ayudó a salir de ellos.

–¿De qué clase de problemas estamos hablando? –quiso saber Ryan, interesado.

Nicole comenzó a abrir el paquete del pollo. Se encogió de hombros.

–De estupideces para captar la atención de mis padres. Nada ilegal.

–No habría imaginado que fueras una niña traviesa. Tratar de captar la atención de nuestros padres es algo que tenemos en común.

–¿Cuántos años tenías cuando se separaron tus padres? –preguntó ella, mirándolo fijamente.

–Diez. Era lo bastante mayor como para entender lo que ocurría y odiar la situación.

–Si tus padres no estaban bien juntos, fue mejor que se separaran.

–El problema fue que yo fui el hueso entre dos perros rabiosos –respondió él. Pero de inmediato se arrepintió ya que no había pretendido decir aquello.

–Es mejor eso a que te olviden.

–Nadie se podría olvidar fácilmente de ti, Nicole –dijo Ryan.

Ella se quedó mirándolo con la impresión reflejada en los ojos pero, al ver que él se acercaba a su cara, se giró abruptamente y miró la casa.

–El estilo me recuerda a la influencia francesa en Nueva Orleans. Me encantan las verjas de hierro y los arcos.

Ryan quería conocer la historia de Nicole, pero conocer significaba preocuparse… y aquello no era parte de su plan. Pero no pudo evitar preguntar.

–¿Te rechazaron tus padres?

–¿Rechazarme? No. Pero mi madre creía firmemente en el amor loco y en vivir con las consecuencias de sus acciones. Supongo que yo quería que fuera una madre cariñosa –contestó ella, suspirando. Entonces negó con la cabeza–. Háblame de la casa.

Él permitió que Nicole cambiara de asunto ya que el pensar en cualquier niño que necesitara un abrazo y no lo obtuviera le hacía recordar las numerosas ocasiones en las que se había sentado en las escaleras de su casa a esperar en vano que su padre volviera...

–La casa tiene cuatrocientos metros cuadrados, cinco dormitorios y seis cuartos de baño. Hay un apartamento para la niñera sobre los garajes.

–¿Un apartamento para la niñera?

–Sí.

–¿Vas a contratar una niñera?

–No será distinto que llevar al niño a una guardería... salvo por la conveniencia del lugar.

–La guardería de HAMC es maravillosa. Yo podría conectarme y observar al bebé a través de mi ordenador, así como también podría pasar con él o ella la hora de comer.

–Cuando yo trabaje en casa, estaré bajo el mismo techo que mi futuro hijo.

Ryan pensó que podría estar cerca de su pequeño de la misma manera que lo había estado su padre de él antes de que su madre hubiera transformado la casa en un campo de batalla cada vez que éste solía visitarles. Finalmente su progenitor había dejado de hacerlo...

–Conozco al constructor y realiza trabajos de calidad. El vecindario tiene piscina, canchas de tenis y un gimnasio.

–Que la casa no tenga piscina en el jardín es mejor –comentó Nicole.

Él terminó de sacar de la bolsa los platos y cubiertos de plástico. Los deliciosos aromas que desprendía la comida provocaron que se le hiciera la boca agua. Entonces indicó la mesa.

–Toma lo que quieras.

Ella se sirvió una gran variedad de comida en el plato y, una vez que él hizo lo mismo, tomó un trozo del pastel de melocotón y se lo llevó a la boca.

Ryan pensó que Nicole era su tipo de mujer... del que tomaba primero el postre. Pero, de inmediato, se reprendió a sí mismo y se dijo que ninguna mujer era su tipo de mujer... salvo las que temporalmente le permitían gozar de compañía y sexo.

–Si tuviste una infancia infeliz, ¿qué te hace pensar que sabrás ser buen padre? –le preguntó entonces ella, mirándolo a los ojos.

–Nunca dije que fuera infeliz. Como más del cincuenta por ciento de los matrimonios, el de mis padres terminó en divorcio. Pero yo seguí teniendo buenos ejemplos en mis abuelos maternos y en mi padre... cuando éste aparecía.

Su madre había acostumbrado dejarle con sus abuelos cuando su padre no aparecía. Pero él recordaba aquellos días como unos de los mejores de su vida.

–Mi abuelo compartió su amor por el agua conmigo y mi abuela me enseñó a cocinar y a limpiar –explicó–. Pero tus padres permanecieron juntos, ¿cómo va a lograr eso que tú estés mejor capacitada que yo para criar un hijo?

–No estamos hablando de mí. Beth será una madre estupenda y Patrick un padre increíble. Es amable, paciente y jamás levanta la voz –comentó Nicole–. Y tiene talento. Puede tocar casi todos los instrumentos musicales. Es profesor de música en la Universidad de Tennessee. Pertenece a una familia muy agradable y que está muy unida. Sus padres son estupendos. Este bebé tendrá mucha suerte de tenerlos como abuelos.

La manera en la que Nicole se ruborizaba al hablar de la pequeña comadreja avariciosa divertía a Ryan ya que, sin duda, Patrick habría aceptado el pago que él le había ofrecido si no hubiera sido por la intervención de su esposa. Quizá incluso todavía estuviera convencido de aceptarlo.

—Parece que deberías haber sido tú la que se casara con él, en vez de tu hermana.

Nicole se quedó paralizada y palideció. Se centró en comerse el trozo de pastel.

—¿Hay algo entre Patrick Ryan y tú? —quiso saber Ryan, intrigado.

—¡Qué pregunta tan ridícula! —espetó ella tras dar un bocado al pastel—. Desde luego que no.

—Él tiene diez o quince años más que tú. Creo recordar que te licenciaste en la Universidad de Tennessee… ¿te enamoraste de tu profesor, Nicole?

Ella escondió la cara detrás de la taza de té helado que se llevó a la boca, pero sus ruborizadas mejillas le dieron a él la respuesta que buscaba. Por alguna razón, al imaginársela con el profesor Ryan, sintió ganas de golpear algo.

—Mi vida privada no es de tu incumbencia, a no ser que afecte la salud de este bebé —dijo Nicole.

Él se apoyó en la verja del cenador y se preguntó cómo había sido el profesor tan tonto de haber elegido a la hermana equivocada. Pensó que alguien tan estúpido no podría ser buen padre.

—¿Cómo terminó con tu hermana?

—Cuéntame más cosas de la casa —pidió Nicole, intentando cambiar de tema.

—¿Estabas en una de sus clases? —insistió Ryan.

—Eso no es asunto tuyo.

—Lo es, si Patrick Ryan tiene por costumbre enredarse con sus alumnas.

—Patrick jamás le ha sido infiel a Beth —respondió ella, que parecía insultada.

—¿Estás segura?

—Desde que la vio, nunca volvió a fijarse en nadie más —explicó Nicole, agarrando con fuerza el tenedor—. Tenemos que terminar de comer si vamos a ver la casa antes de que me lleves al trabajo.

—Primero contesta mis preguntas.

—¿Por qué es tan importante?

—Estoy intentando comprender por qué vas a renunciar a este bebé cuando obviamente te parte el alma la sola idea de hacerlo.

—Porque es lo correcto —casi gritó ella con el dolor reflejado en la voz.

—La mayoría de las mujeres lucharían por mantener junto a sí a sus hijos, incluso aunque no los quisieran, simplemente por el poder que les otorga sobre sus ex —comentó él, percatándose repentinamente de la situación—. Eso es. Este bebé es el vínculo que te unirá a tu cuñado incluso cuando éste se divorcie de tu hermana.

—¡No!

—O tal vez va a dejar a tu hermana por ti. Beth es muy mandona y se suponía que tú ibas a quedarte embarazada de un hijo suyo. Quizá Patrick iba a echar a tu hermana de la bonita casa en la que viven y tú ibas a ocupar su lugar.

—¿Cómo te atreves a sugerir algo así? Estás equivocado. Aunque Beth y Patrick se separaran, yo jamás volvería con él —aseguró Nicole, arrepintiéndose de inmediato de aquella metedura de pata.

–Así que Patrick fue primero tuyo. ¿Te lo robó tu hermana?

–Déjalo ya.

–¿Qué ocurrió, Nicole? ¿Lo llevaste a casa para que conociera a la familia y tu hermana mayor te lo robó? –preguntó Ryan, que supo por la expresión de la cara de ella que había acertado. Se arrepintió de haber hurgado en aquella vieja herida y sintió una gran rabia hacia Patrick.

Nicole se levantó y apretó los puños.

–Llévame de vuelta al trabajo. Ahora –exigió.

–¿La verdad te hace sentirte incómoda?

–Si no me llevas tú, le pediré a la empleada de la agencia inmobiliaria que lo haga ella.

–Patrick Ryan es un idiota. Estás mejor sin él.

Nicole bajó del cenador y comenzó a dirigirse hacia la casa. Ryan observó cómo se marchaba. Se preguntó a sí mismo qué le había ocurrido; jamás había atormentado a ninguna mujer de aquella manera. Pero se había sentido muy irritado al enterarse de lo que ella sentía por el zopenco de su cuñado.

Decidió que era mejor darle tiempo para que se tranquilizara, tiempo que también necesitaba él mismo para recomponerse. Sabía que perder el control con Nicole no le traería más que problemas.

Pero una cosa le quedó clara; el malnacido de Patrick Ryan no iba a quedarse con su bebé.

Nicole prácticamente podía oír el sonido de risas infantiles por la casa. Le dio un vuelco el corazón. Pensó que ella nunca tendría una casa como aquélla ni la familia que las numerosas habitaciones de ésta requería.

No podía casarse ya que su corazón todavía le pertenecía a Patrick. Ella misma había visto los efectos que tenía el atarse a la persona equivocada. Si su madre se hubiera casado con el hombre que amaba, en vez de con el hombre que su padre había elegido para ella como parte de un acuerdo de negocios, la familia Hightower habría estado llena de amor.

Desde las ventanas francesas de la enorme cocina de la casa, ventanas que daban a un porche desde el que se divisaba el río y el muelle, observó cómo Ryan se acercaba a la vivienda y cómo se detenía para contemplar la casita del árbol que había construida en una esquina del jardín.

La empleada de la agencia inmobiliaria se rió detrás de Nicole al observar cómo él subía por las escaleras que llevaban a la casita y entraba en ésta.

–Los chicos no crecen.

–Supongo que no.

–Sube, Nicole –gritó Ryan desde la casita del árbol.

–No creo que sea buena idea –contestó ella, sorprendida.

–Es muy segura –la tranquilizó él–. No me digas que tienes miedo. Seguro que quieres ver la clase de lugar en el que jugará tu futuro hijo –añadió.

Nicole pensó que aquello era juego sucio; Ryan le había tocado su fibra más sensible. Entonces se aproximó al árbol y, al llegar a las escaleras que subían a la casita, se quitó los zapatos y comenzó a subir. Al llegar arriba, emocionada, emitió un grito ahogado al ver la encantadora casita. Había unas pequeñas mesas de madera, sillitas e incluso una litera.

Él la tomó por el codo y la ayudó a entrar en la casita.

–A cualquier niño le encantaría esta guarida –comentó Nicole.

–Mi padre y yo diseñamos una casita muy parecida a ésta.

–¿La construiste tú?

–Mis padres se divorciaron antes de que pudiéramos empezar a hacerlo –respondió Ryan.

Ella sintió mucha pena por la confusión que debió de haber sufrido él de niño. Deseó que su futuro hijo tuviera un padre que planeara construir con él casas en los árboles y excursiones para pescar. Un padre como Ryan. Patrick jamás se arriesgaría a aparentar tener un aspecto estúpido al actuar como un muchacho. No podía imaginárselo subiendo a la casita de ningún árbol.

Antes de percatarse de lo que estaba haciendo, le dio un apretón en el brazo a Ryan a modo de apoyo. Pero éste le puso la mano sobre la suya antes de que ella pudiera apartarla.

–Antes me excedí cuando te agobié acerca de tu cuñado. Lo siento.

Sorprendida, Nicole se quedó mirándolo. Aquellas palabras demostraban otra diferencia más entre los dos hombres. Ryan se arrepentía de herir sus sentimientos mientras que Patrick jamás se había disculpado por haberle arruinado la vida.

–Disculpas aceptadas –respondió, pensando que su enfado ya se había disipado.

–Es Patrick el que ha salido perdiendo, Nicole –aseguró Ryan, soltándole la mano para, a continuación, acariciarle la mejilla.

Pero ella no podía arriesgarse a que él le diera otro de aquellos devastadores besos. Se acercó a la ventana de la casita, desde la cual se observaba la casa, el jardín y el río.

—Esta casa no podía haber sido más perfecta si la hubieras diseñado tú.

—No está mal –comentó él, acercándose a ella para disfrutar de las vistas.

—¿Que no está mal? Ryan, este lugar tiene todas las medidas de seguridad imaginables. La vivienda en sí es increíble y el jardín, así como esta casita, son maravillosos. La cocina está diseñada para cenas familiares. Todo en esta propiedad es adecuado para que vivan niños.

—No lo hagas –dijo entonces él, mirándola a los ojos.

—¿Que no haga el qué? –preguntó ella, sorprendida.

—No renuncies a tu bebé.

—Ya hemos hablado de eso, Ryan.

—Tú dices que Beth y Patrick quieren al bebé, pero si eso fuera cierto, nada les habría impedido ir a la cita con la ginecóloga de hoy.

—Estaban ocupados –contestó Nicole, aunque en algún momento había pensado lo mismo que él.

—Este bebé no es suyo. No han hecho nada para ayudarte con los gastos médicos –comentó Ryan–. Rompe el contrato, Nicole. Tienes dos razones muy válidas para hacerlo.

—Pero yo…

—No arrastres a tu futuro hijo al infierno que sabes que se avecina. Yo he visto demasiados matrimonios fallidos entre mis amigos como para reconocer cuándo ya no queda amor entre la pareja y ha llegado el momento de finalizar la relación. Beth y Patrick han llegado a ese punto; es obvio por la distancia que hay entre ellos cuando están juntos.

–Un hijo les hará felices –aseguró Nicole. Pero, en realidad, ya no estaba tan segura.

–¿Realmente lo crees? Lo más probable es que un bebé aumente los problemas entre ambos.

–Mi abogada me ha dicho que romper el contrato sería casi imposible dados los precedentes legales establecidos. Si cambio de idea, podría hacerle mucho daño a mi familia.

–O podrías liberar a tu hermana de una obligación de la que ya no quiere hacerse responsable –dijo Ryan con la certeza reflejada en la voz.

Nicole pensó que con aquellas palabras, él había expresado su mayor miedo y su mayor esperanza… algo que ella ni siquiera había sido capaz de expresar con palabras. Pero sí que había pensado que, al saber que el bebé no era de Patrick, tal vez su hermana ya no lo quería.

Ella deseaba quedarse con su futuro hijo más que nada en el mundo. Quería que su pequeño tuviera dos padres que lo adoraran y durante un momento, en aquella casita de árbol, había tenido la sensación de que Ryan y ella podrían ser esos padres. Tal vez no en la manera tradicional dentro de un matrimonio, pero sí compartiendo la custodia y el amor por la vida que habían creado.

Pero había dado su palabra y no se echaría para atrás.

Capítulo Nueve

Nicole cerró la carpeta que había estado analizando y, aliviada, suspiró. Era viernes por la tarde y el equipo de Patrick Architectural por fin se estaba marchando de su despacho.

Apenas había sido capaz de concentrarse durante su primera consulta con ellos. En la reunión habían estado presentes Ryan y su padre y, cada vez que el primero la había mirado a los ojos, ella se había quedado en blanco. Había recordado los besos que había compartido con él y la manera en la que, hacía dos días, la había alentado a intentar obtener la custodia del bebé. Y precisamente hacía dos días que su hermana había comenzado a ignorar sus llamadas telefónicas y a no acudir a su despacho.

–Te veré esta noche –dijo Ryan desde la puerta.

–¿Perdona?

–En la fiesta.

–¿Fiesta? ¿Qué fies…? –preguntó Nicole, dándose entonces cuenta de que se había olvidado por completo de la fiesta anual que Hightower Aviation celebraba para sus clientes–. Desde luego.

–¿Tienes ya pareja? –quiso saber él, levantando una ceja.

–Nunca llevo a ninguna pareja a las fiestas de la empresa –contestó ella.

–¿Por qué?

–Porque hablo de trabajo y eso aburre a la mayoría de los hombres.

–A mí no me aburrirá. Pasaré a buscarte...

–Gracias, pero tengo que estar allí pronto para asegurarme de que todo esté preparado a tiempo –interrumpió Nicole, que bajo ningún concepto quería que él la acompañara.

–Es mejor que Beth y Patrick nos vean como un equipo unido.

–Todavía no he decidido tomar esa ruta. Primero tengo que hablar con ellos.

–No tiene sentido que vayamos por separado –sentenció Ryan–. No me importa llegar pronto.

Tras decir aquello, él volvió a entrar en el despacho y acorraló a la madre de su futuro hijo contra el sofá de cuero donde había terminado la reunión. El calor y la penetrante fragancia que desprendía el cuerpo de Ryan abrumaron a Nicole, la cual no podía recordar que ningún hombre le hubiera afectado tanto con anterioridad. Supo que a él le ocurría lo mismo ya que pudo verlo reflejado en sus ojos.

–Tengo que estar allí a las ocho –dijo finalmente, sintiendo cómo se le revolucionaba el corazón. No comprendió por qué finalmente había accedido a que la acompañara. Estaba aturdida. Deseaba que se marchara de su despacho pero, al mismo tiempo, anhelaba que la besara.

–Pasaré a buscarte a menos veinte –contestó Ryan, mirándola fijamente a los ojos, pero sin tocarla–. Hoy has hecho un buen trabajo. Impresionaste mucho a mi padre cuando le enseñaste el avión y le hablaste de los aspectos técnicos de éste. La belleza y la inteligencia son una combinación muy explosiva.

–Gracias –respondió ella, ruborizándose. Pero decidió centrarse en los negocios–. Espero que os sigamos complaciendo.

Su trabajo consistía precisamente en aquello; en mostrarles a los nuevos clientes el avión que habían alquilado o comprado y explicarles los servicios que ofrecía HAMC.

Observó cómo él sacaba algo del bolsillo de su abrigo; un pequeño paquete envuelto.

–Para ti.

Nicole lo aceptó con recelo y quitó el brillante papel dorado que cubría el paquete. Dentro de éste había un portarretratos blanco con adornos en tonos pastel que contenía la fotografía que habían obtenido de su bebé con la ecografía. Se sintió muy emocionada.

–Ése es nuestro hijo… o hija –dijo Ryan, tan emocionado como ella.

–Gracias –ofreció Nicole, pensando que él sería un padre magnífico.

–De nada –contestó Ryan, secando la lágrima que sin darse cuenta había derramado ella–. Te veré esta noche –añadió, dándose la vuelta. Se marchó del despacho a toda prisa.

Una vez sola, completamente embargada por la emoción, Nicole abrazó el portarretratos contra su pecho. Pensó que Ryan no podía haberle regalado nada más bonito…

–Dime que te has comprado un vestido muy tentador para la fiesta –bromeó Lea, sacando a su amiga de su trance.

Nicole no estaba preparada todavía para compartir la noticia de la paternidad de Ryan ya que ello conllevaría un intenso interrogatorio. Se acercó a su escritorio y metió la fotografía en un cajón.

–Nicole, ¿estás bien?

–Sí, pero me da vergüenza confesar que con lo del embarazo y todo eso me olvidé de la fiesta.

–Bueno, pero ahora tienes una cita con un atractivo hombre millonario al que no le importa que estés embarazada del bebé de otro –comentó Lea–. Tenemos que trabajar.

Nicole se estremeció ante el error de Lea. Pero no tenía la fortaleza para explicarle la situación.

Analizó su armario mentalmente y decidió que no podía ponerse nada de lo que tenía. No sabía qué le ocurría. Hacía tan sólo diez minutos cualquiera de sus prendas habría sido adecuada.

–No tengo nada que ponerme –comentó.

–Ahora no tenemos tiempo para ir de compras pero, cuando salgamos de trabajar, podemos ir a mi casa. Afortunadamente para ti, soy adicta a las compras y adquiero más cosas de las que necesito. Tengo un vestido rojo rubí de Calvin Klein sin estrenar que te quedaría estupendo.

–No puedo aceptarlo –respondió Nicole.

–No seas tonta. Vas a estar estupenda con ese vestido y Ryan lo va a agradecer.

Disimuladamente, Nicole miró su reloj Cartier. La velada estaba siendo un completo desastre. Al tener a toda su familia reunida en la misma sala, había pretendido recordarse a sí misma lo que perdería si elegía ser egoísta.

Pero en vez de lograrlo, al asomarse por el balcón

desde el cual se veía la elegante sala de baile y buscar a sus hermanos con la mirada, se había percatado de lo solos que éstos se encontraban entre los invitados allí reunidos.

Trent, el mayor de sus hermanos y director de la compañía, estaba junto a su amiguita de turno. El hermano gemelo de Trent, Brent, con su habitual whisky en la mano, no estaba acompañando a su embarazada esposa. Algo que se había convertido en lo usual.

Beth y Patrick estaban juntos, pero al mismo tiempo les separaba un abismo. Se preguntó cuándo y cómo había ocurrido aquello. Se planteó si el bebé arreglaría la situación o la empeoraría. Tenía que mirar a su hermana a los ojos y preguntarle si quería romper el acuerdo.

Pero Beth había estado evitándola. En ese momento se dio cuenta de que, aparte de la misma sangre, sus hermanos y ella no tenían nada en común.

–Estás muy guapa esta noche –le dijo su madre al acercarse a ella y analizarla con la mirada–. No es tu estilo, pero ese vestido te queda muy bien.

–Gracias, mamá.

Un tenso silencio se apoderó entonces de la situación y Nicole continuó tratando de encontrar con la mirada a Ryan entre los invitados.

–Hija, si tienes algún problema, puedes venir a mí.

Sorprendida, Nicole miró a su madre. Pero Jacqueline dio un sorbo a su champán y centró su atención en la muchedumbre que había reunida bajo sus pies.

Aquel ofrecimiento llegaba un poco tarde. Jamás habían tenido la clase de relación en la cual Nicole hubiera podido compartir con su progenitora sus miedos y preocupaciones.

–Lo recordaré.

–No he estado siempre para ti –dijo Jacqueline–. Y sólo es ahora cuando estoy comenzando a percatarme y a arrepentirme de lo mucho que me he perdido. Disfruta de la velada y de tu galán.

Tras decir aquello, su madre se alejó. Dejó tras de sí un intenso aroma a Armani Diamonds.

Nicole se preguntó si el hecho de que Jacqueline estuviera arrepintiéndose de ciertas cosas tenía que ver con la hija que ésta había abandonado. Lauren era la prueba viviente de que todo el mundo necesitaba sentir una conexión con algo. Tras la muerte de su padre, había comenzado a buscar a sus parientes. Desafortunadamente para ella, su familia resultó ser el distante clan de los Hightower, en vez de unas cálidas y amables personas...

Se preguntó dónde estaba Ryan. No podía verlo por ninguna parte en el salón de baile. Le dio un vuelco el corazón y se planteó que tal vez él se había cansado de que ella hubiera estado charlando con los invitados y se había marchado. Aunque, en realidad, Ryan había parecido incluso interesado en las conversaciones que ella había mantenido, en las cuales había participado.

–No has bailado conmigo.

Nicole se sobresaltó al oír la voz de él tras de sí y se dio la vuelta de inmediato.

–No he bailado con nadie. He estado trabajando. Este tipo de fiestas representan una oportunidad para hablar cara a cara con clientes con los que normalmente hablo por teléfono o correo electrónico.

–Te caracterizas por hacer que cada cliente se sienta valorado. En mi negocio, ésa también es una importante técnica a seguir.

Ryan bajó la mirada hacia los pechos de Nicole, cuyos pezones se endurecieron bajo aquel escrutinio.

–El grupo musical está a punto de comenzar a tocar la última canción de la noche –comentó él, tendiéndole la mano–. Baila conmigo.

Ella se dijo a sí misma que no haría ningún daño si bailaba con Ryan. Estaban en una sala llena de gente y no podría ocurrir nada. Posó la mano sobre la de él y permitió que la guiara hacia la gran escalera que descendía hasta el salón de baile. Mientras bajaban, muchos de los allí reunidos se quedaron mirándolos.

Pensó que su acompañante era el hombre más guapo de la fiesta, pero el atractivo de éste no sólo radicaba en su aspecto físico, sino también en la confianza y seguridad que transmitía.

Cuando estuvieron en el centro del salón de baile, Ryan la acercó hacia sí y ella se quedó sin aliento. Entonces él le colocó una mano en la espalda y ambos comenzaron a bailar. Nicole se dejó llevar por sus sentidos, en vez de continuar luchando contra el deseo que la embargaba.

Lo miró a los ojos y poco a poco las miradas de su familia y compañeros de trabajo se fueron desvaneciendo de su mente… hasta que pareció que sólo estaban ellos dos y el vínculo que les unía.

Lo triste de todo aquello era que se sentía más unida a Ryan Patrick, un hombre al que había conocido hacía tan sólo tres semanas, que a cualquier miembro de su familia. Él había comprendido lo mucho que había significado para ella poder ver la carita de su bebé en la ecografía… y aparentemente había significado lo mismo para él. A su propia hermana no le había importado lo bastante como para aparecer en la consulta de la ginecóloga.

Al sentir la presión de la pierna de Ryan en el centro de su feminidad, la excitación le recorrió el cuerpo. Comenzó a respirar agitadamente y se percató de que deseaba a aquel hombre más de lo que jamás había deseado a nadie. Y solamente durante aquella noche necesitaba sentirse unida a alguien que comprendía la magnitud de sus emociones, alguien que quería dar en vez de tomar.

–Marchémonos de aquí –le dijo entonces él al oído, como si le hubiera leído el pensamiento.

–Sí, por favor –contestó ella, sintiendo cómo se le ponía la carne de gallina.

Llevándola de la mano, Ryan la guió hasta la salida sin detenerse para despedirse de nadie. La limusina en la que habían ido a la fiesta se detuvo delante de ellos como si les hubiera estado esperando. Él la ayudó a entrar y a sentarse en uno de los asientos traseros.

–Vamos a mi casa –le ordenó al chófer a través de la ventanilla interior del vehículo. A continuación apretó un botón para que los cristales ahumados se cerraran.

Nicole sabía que debía discutir aquello ya que, si no lo hacía, terminaría en la cama de Ryan. Pero éste la abrazó por la cintura, la sentó en su regazo y comenzó a besarla apasionadamente. Él besaba como hacía todo lo demás... con una increíble destreza. Los dos besos que le había dado anteriormente habían sido insulsos comparados con la manera en la que estaba consumiéndole la boca aquella noche. Con una mano le sujetó la nuca y con la otra le acarició la espalda, la tripa y los pechos.

Ella se quedó quieta al sentir cómo una respuesta que no podía ignorar le recorría por dentro. Quería que la tocara, deseaba que la acariciara aún más. Arqueó la espalda y presionó uno de sus pechos contra la mano de él. Las sensaciones que se apoderaron de su cuerpo ante aquel contacto fueron cada vez más intensas. Entonces Ryan le apretó el trasero con su erección.

–Si prefieres irte sola a tu casa, dímelo ahora –dijo tras dejar de besarla.

Nicole sintió la tentación de escapar de aquella situación, de salir corriendo como siempre había hecho. Pero no quiso hacerlo ya que deseaba rendirse ante sus anhelos.

–Quiero ir contigo a tu casa, Ryan.

Nicole no era la primera mujer que Ryan había llevado a su casa. Pero con ella las cosas eran distintas, se sentían diferentes.

En el pasado, lo que siempre había querido había sido satisfacer su propia hambre de sexo. Pero con Nicole quería ir despacio, quería descubrir cada centímetro del cuerpo donde estaba creciendo su futuro hijo. Entrelazó los dedos con los de ella y la guió hacia su dormitorio sin encender las luces. Su cama estaba parcialmente iluminada por la luna y llevó a Nicole hasta la parte donde podía verla. Ella se había dejado el pelo suelto aquella noche y unos bonitos mechones ondulados le caían sobre los hombros. Al ver el sexy escote de su vestido y la manera en la que éste le levantaba los pechos, sintió cómo se le hacía la boca agua.

–¿Te ha dicho la ginecóloga que esto es seguro? –quiso confirmar.

–Sí –contestó Nicole, ruborizándose.

Entonces Ryan le acarició la mejilla y bajó la mano hacia la sedosa piel de su cuello.

–Esta noche estás preciosa.

–Gracias –logró ofrecer ella. Se le había formado un nudo en la garganta.

Emitió un grito ahogado al sentir cómo él bajaba la mano y la introducía por su escote, tras lo cual volvió a besarla.

Ryan disfrutó del sabor de sus suaves labios y del calor que desprendía su cuerpo. Entonces comenzó a bajarle la cremallera del vestido y, una vez que lo hubo hecho por completo, le bajó la sedosa prenda por los hombros. Pudo ver que Nicole no llevaba sujetador. No tenía los pechos muy grandes, pero sí perfectamente delineados. Eran redondos, firmes, y tenían unos endurecidos y rosáceos pezones. A continuación le bajó el vestido por las caderas y se lo quitó. Ella se quedó solamente vestida con unas braguitas rojas de encaje y con los zapatos de tacón.

Él la miró de arriba abajo y pensó que era exquisita. Deseó que Nicole le acariciara el cuerpo y comenzó a quitarse la ropa. Primero se quitó la chaqueta, después la corbata y la camisa…

–Eres hermosa, perfecta –le dijo mientras se desabrochaba el cinturón del pantalón.

–Normalmente no… el embarazo los ha aumentado de tamaño –respondió ella, cubriéndose los pechos.

Ryan le apartó las manos y le rozó los pezones al hacerlo. Nicole gimió y él no pudo evitar incitarle aquella endurecida parte de su anatomía con los dedos, tras lo cual agachó la cabeza para saborearle un pecho. Ella arqueó la espalda para ofrecerle aún más y él chupó su pezón con intensidad. Lo incitó con la lengua y lo mordisqueó.

Nicole se estremeció y le introdujo los dedos por el pelo para mantenerlo presionado contra su pecho. Pero entonces Ryan tomó su otro pezón con la boca. La agarró por la cadera y se sentó en la banqueta de cuero que había a los pies de su cama para poder disfrutar cómodamente de los pechos de Nicole.

Ella le clavó las uñas en el cuero cabelludo y emitió un leve gemido. Él le acarició el vientre y, a continuación, siguió con la boca el rastro que había dejado su mano. Le saboreó la piel y disfrutó del excepcional sabor de ésta.

Le acarició las piernas hasta llegar al broche de sus zapatos, los cuales le quitó tras desabrochárselos. Entonces hizo lo mismo con sus braguitas y observó los oscuros rizos que cubrían el centro de su feminidad. Acarició la húmeda línea que se escondía bajo éstos y encontró su resbaladizo e hinchado clítoris. Deseó oír el sonido que emitiría ella cuando alcanzara el éxtasis, deseó sentir cómo se estremecería…

Volvió a meterse en la boca uno de sus pezones al mismo tiempo que comenzó a acariciarle el punto más sensible de su sexo. Sintió cómo Nicole le clavaba los dedos en los hombros y le separó los muslos para poder satisfacerla mejor. En pocos momentos, a ella comenzaron a temblarle las piernas y se le agitó la respiración. Echó la cabeza para atrás y sacudió el cuerpo mientras gimoteaba. Ryan se apresuró a levantarse para capturar aquel gemido con los labios.

Al disminuir los espasmos de Nicole, ésta se aferró a él, lo abrazó. Ryan dejó de besarla y la miró fijamente a la cara. Pensó que jamás había visto nada tan atrayente.

Tomándole la mano, la llevó hasta el cabecero de la cama. Apartó la colcha y la incitó a que se tumbara sobre las sábanas. Ella se echó en éstas y separó las piernas levemente, por lo que él pudo ver el húmedo centro de su feminidad. Pensó que Nicole no tenía ni idea de lo sensual que era.

Se quitó apresuradamente los zapatos, los pantalones y los calzoncillos. Entonces se subió a la cama y se colocó sobre ella. No quería hacerle daño. Reposó su erección en la tripa de Nicole y besó a ésta apasionadamente. Le colocó una rodilla entre las piernas para, a continuación, hacer lo mismo con la otra y así abrirla para él. Tuvo que contenerse con todas sus fuerzas para no penetrarla con fuerza. Recordando la vida que ella albergaba en sus entrañas, tomó su potente órgano con la mano y acarició con éste el húmedo sexo de la madre de su futuro hijo. Esperó hasta que Nicole se puso tensa y se ruborizó. Entonces introdujo su erección dentro de ella con tanta delicadeza como le fue posible.

El hambre se apoderó de él al sentir cómo el calor de Nicole lo rodeaba. Utilizó el dedo pulgar para acariciarle el clítoris hasta que ella estuvo al límite. Ardió de pasión y tuvo que ejercer todo su autocontrol para no dejarse llevar…

–¿Estás bien? –le preguntó, mirándola a los ojos.

–Sí –contestó Nicole entre dientes–. Estoy muy bien. Es estupendo tenerte dentro de mí, Ryan.

La manera entrecortada en la que dijo su nombre, provocó que él se derritiera por completo. Su autocontrol flaqueó y comenzó a hacerle el amor con más intensidad. Intentó no penetrarla muy profunda ni duramente pero, cuando ella lo abrazó por la espalda con las piernas, perdió todo el poder que le quedaba sobre su voluntad. El instinto se apoderó de sus sentidos. Sintió cómo ella le arañaba la espalda, el trasero, el pecho, cómo le mordisqueaba el labio inferior, el hombro y el cuello. Se dijo a sí mismo que no podía estar haciéndole daño ya que Nicole no dejaba de emitir unos sexys gemidos que eran señal de placer y no de dolor.

Entonces hundió la cara en su cuello y dejó de luchar. Sintió cómo un profundo e intenso clímax le consumía por dentro…

El grito que emitió ella y la manera en la que su cuerpo se sacudió, le dejaron claro que lo había acompañado a la cima del placer. Cuando el último espasmo de goce se disipó, sus músculos se relajaron. Se recordó a sí mismo que por muy maravilloso que hubiera sido el sexo que acababan de practicar, era lo único que habían compartido Nicole y él. Nada más. No iba a ser tan estúpido de enamorarse de otra mujer que se riera de él de la manera en la que lo había hecho su ex… o su madre con su padre.

Capítulo Diez

Nicole se recostó de lado y miró al padre de su futuro hijo, el cual estaba durmiendo. Su cara reflejaba una gran relajación y la sábana con la que estaba tapado apenas cubría sus partes íntimas.

Se sintió muy avergonzada al observar las marcas de arañazos que Ryan tenía en los hombros. Pensó que nunca antes había marcado a ningún amante, pero aquella noche se había sentido despreocupada y no había mantenido el control. Al igual que su madre...

Alarmada, decidió que debía marcharse de allí. No quería hablar con Ryan ni mirarlo a los ojos hasta que no comprendiera por qué se había comportado de aquella manera. Había leído que algunas mujeres eran mucho más sensibles durante el embarazo, que se las podía excitar más fácilmente. Si los múltiples orgasmos que había tenido suponían una indicación, ella debía de ser una de aquellas mujeres.

Pero, de inmediato, se preguntó si realmente era sólo aquello lo que le había ocurrido, o si tal vez por fin había encontrado con alguien la conexión que tanto había anhelado tener durante toda su vida. Se dijo a sí misma que no podía ser. Por muy maravilloso que hubiera sido el sexo que había compartido con Ryan, no amaba a éste. El amor era algo dulce y adorable, no algo irritante e incómodo como lo que sentía por el padre de su futuro hijo.

Inquieta, se bajó de la cama lo más cuidadosamente que pudo. Una vez que estuvo de pie en el suelo, comprobó que él tuviera los ojos todavía cerrados. Captó su atención la manera en la que el pecho de Ryan aumentaba de tamaño cada vez que éste respiraba. Pensó que él tenía un cuerpo maravilloso, musculoso y bronceado. Con sólo mirarlo se excitaba.

Entonces agarró sus braguitas, sus zapatos y su vestido, tras lo cual salió del dormitorio. No se detuvo hasta que no llegó al salón de la vivienda, donde se puso la ropa. Pero sólo consiguió subir hasta la mitad la cremallera del vestido.

Con los zapatos en la mano, se dirigió hacia la puerta principal. Pero entonces se dio cuenta de que no llevaba consigo su pequeño bolso de fiesta. Se preguntó dónde lo habría dejado y recordó que Ryan lo había tomado durante la fiesta y se lo había metido en el bolsillo de su abrigo. No podía marcharse ya que en el bolso tenía su dinero, su tarjeta de crédito, la llave de su casa y su teléfono móvil.

Ni siquiera podía telefonear a Lea para que fuera a buscarla a no ser que utilizara el teléfono de Ryan. Pero pensó que, aunque pudiera telefonear a su amiga, no lo haría. No podría explicarle a ésta una situación que ni ella misma comprendía, por lo que supo que debía regresar al dormitorio de él para tratar de recuperar su bolso. Dejó los zapatos sobre una mesa que había en el salón y regresó de puntillas a la habitación. Al llegar a la puerta, examinó con la mirada el espacio alrededor de la cama y se dio cuenta de que iba a ser complicado encontrar un abrigo negro en un dormitorio oscuro. Pero entonces lo localizó sobre la banqueta que había a los pies de la cama y comenzó a acercarse para recuperar su bolso.

–¿Vas a algún lado? –le preguntó entonces Ryan con la voz ronca.

A Nicole casi se le salió el corazón por la boca.

–Necesito mi bolso.

–¿Ibas a marcharte a hurtadillas? –sugirió él, incrédulo. Se sentó en la cama y encendió la lamparita de la mesilla de noche.

–Iba a dejarte dormir –contestó ella, ruborizada. A continuación tomó el abrigo de Ryan.

–Yo te llevaré a tu casa –dijo él, apartando la sábana. Entonces se levantó de la cama.

El deseo que Nicole había pensado que había quedado saciado, volvió a despertarse dentro de ella.

–Aprecio tu oferta, pero no es necesario –respondió–. Telefonearé a un taxi.

Mirándola fijamente a los ojos, Ryan se acercó a ella. Le quitó el abrigo de las manos y lo lanzó sobre la cama. Entonces le acarició los brazos.

–Yo te traje y yo te llevaré a tu casa.

Alterada, Nicole pensó que, si su cuerpo respondía de una manera tan intensa ante Ryan, no comprendía qué ocurría con sus sentimientos por Patrick. Pero no tenía una respuesta.

–Ne… necesito marcharme.

Ryan tomó sus calzoncillos y se los puso. Entonces agarró su camisa y, mientras se la ponía, ella pensó que ver cómo lo hacía era tan sensual como haber visto la manera en la que se la había quitado. Sintió cómo se le humedecían las manos y cómo se le secaban los labios. Se dio la vuelta para no seguir viéndolo y notó cómo él le rozaba ligeramente la espalda al subirle la cremallera del vestido. Se sintió muy excitada…

El sábado por la mañana, Nicole se despertó decidida a tomar una decisión. Vivir en el limbo estaba destrozándola. No sabía si el bebé que llevaba en sus entrañas era de Beth o suyo.

Tenía que enfrentarse a su hermana… por lo que se dirigió a su casa y llamó a la puerta de ésta en vez de entrar en la vivienda por la puerta lateral que siempre había utilizado. Le abrió Patrick, hecho que le sorprendió ya que no había esperado encontrarlo en casa; los sábados por la mañana él siempre jugaba al golf con sus compañeros de trabajo. No parecía muy contento de verla, aunque el sentimiento fue mutuo.

—Hola –le saludó ella–. ¿Hoy no vas a jugar al golf?

—No –contestó él, esbozando una mueca. A continuación frunció el ceño.

Nicole se preguntó si Patrick siempre había fruncido el ceño de aquella manera, pero no pudo recordarlo. Lo único que se le venía a la mente era la cara de Ryan, específicamente la cara que éste había puesto cuando la había dejado en la puerta de su casa la noche anterior tras darle un devastador beso de buenas noches. La intensidad de la necesidad que había sentido le había asustado y casi lo había invitado a entrar…

—Tengo que hablar con Beth.

—Ha ido al supermercado –respondió Patrick.

Nicole tuvo la extraña sensación de estar viendo a su cuñado por primera vez en su vida. No era tan alto como recordaba y su pelo rubio rojizo estaba muy apagado. Incluso le pareció ver raíces… de pelo canoso. No pudo creerse que hubiera estado tiñéndose el cabello.

–¿Quieres entrar a esperarla? –la invitó él con no mucho entusiasmo.

–Sí, gracias –contestó ella, entrando en la vivienda. No tenía otra opción ya que Beth había estado ignorando sus llamadas telefónicas.

–¿Te apetece un café? –le ofreció su cuñado, guiándola hacia la cocina.

Nicole deseó poder aceptar aquel ofrecimiento. Probablemente no había dormido más de dos horas desde que Ryan la había dejado en su casa. Había estado demasiado alterada como para conciliar el sueño.

–No puedo. Ya no tomo cafeína, pero gracias.

–Bien. Entonces…

Un tenso silencio se apoderó del ambiente cuando llegaron a la cocina. Aquello impactó mucho a Nicole ya que siempre se había sentido cómoda con su cuñado. A pesar de que él la había abandonado por su hermana, ella había hecho un tremendo esfuerzo por mantener una relación amistosa. No había querido que ni Beth ni Patrick supieran lo mucho que le había dolido que éste hubiera cambiado de idea con respecto a ella. Después de todo, cuando lo había llevado a casa para conocer a su familia, todavía no se habían hecho ninguna promesa de amor entre sí.

–Patrick, ¿seguís queriendo adoptar mi bebé? –le preguntó.

–Todo lo que Beth quiere es un bebé –contestó él, apartando la mirada–. La única razón por la que sigue conmigo es por mi esperma.

–Estoy segura de que eso no es cierto –respondió Nicole.

–Tú no conoces a tu hermana. Sólo ves lo que ella quiere que veas. Beth nunca hace nada que no la beneficie –afirmó Patrick con la pena reflejada en la mirada.

–Tal vez debáis ir a consultar a un asesor matrimonial.

–Para que eso funcionara, Beth debería admitir que tal vez esté equivocada. Y no ocurrirá.

Nicole tuvo que reconocer que aquello era cierto. Beth era una perfeccionista. Si no podía hacer algo bien, entonces prefería no hacerlo en absoluto.

–Anoche estuviste con él –dijo Patrick con una fría expresión reflejada en la mirada–. Te marchaste con él.

–¿Con Ryan? Me llevó a casa.

–Él sólo quiere a su hijo. No te quiere a ti.

Aquellas duras palabras le hicieron un profundo daño a Nicole.

–Eso no lo sabes, Patrick –contestó ella, pensando que jamás había visto tan poco atractivo a su cuñado.

–Siempre fuiste la hermana inteligente. No te ciegues ante este tipo.

Nicole pensó que aquél no era el mismo hombre del que se había enamorado en la universidad, pero entonces se recordó a sí misma que Patrick había pasado por un enorme estrés.

–¿Serías capaz de querer a un niño que no es tuyo? –le preguntó.

–Es decisión de Beth –respondió él.

–Eso no es una respuesta –dijo Nicole, pensando que no era lo que había esperado oír.

–Es la única respuesta que vas a obtener de mí.

A ella le dio la sensación de que, fuera lo que fuera lo que decidiera Beth, Patrick no recibiría a su futuro hijo con los brazos abiertos.

–Me debería haber casado contigo –sentenció entonces él.

Nicole se quedó sin aliento. Había estado mucho tiempo esperando oír aquellas palabras, pero no sintió la satisfacción que había esperado. De hecho, tuvo una sensación de rechazo. Se preguntó cómo podía él decirle aquello en ese momento, cómo podía hacerle eso a Beth.

Se percató de que Patrick era un estúpido y no comprendió cómo había sido capaz de amarlo durante todos aquellos años.

Sintiendo una enorme tristeza, se dio cuenta de que había tenido tanto miedo de comportarse como su madre que se había llegado a convencer de que sólo podía llegar a amar a un hombre durante toda su vida. Y había elegido al hombre equivocado por razones equivocadas.

–¿Crees que Beth tardará mucho en regresar?

Patrick ladeó la cabeza al oír el sonido de un coche aproximarse a la entrada de la casa.

–Probablemente ésa sea ella –contestó, dándose la vuelta. Salió apresuradamente de la cocina.

Segundos después, Nicole oyó cómo subía a la planta de arriba. Pensó que, por mucho que temiera la conversación que iba a mantener a continuación, tenía que hablar con su hermana. Salió al garaje para encontrarse con ésta.

–Hola. ¿Necesitas ayuda con la compra?

–Sólo llevo una bolsa –contestó Beth.

–¿Podemos hablar? –preguntó Nicole, sintiendo cómo el desasosiego se apoderaba de ella.

–Tengo que prepararme para una comida.

Nicole siempre había puesto a su familia por delante, pero había llegado el momento de poner a su bebé y a sí misma en lo alto de la lista.

–Beth, necesito que me dediques cinco minutos.

–Pues date prisa –refunfuñó su hermana.

Nicole la siguió dentro de la casa y observó que se dirigía directamente a la cafetera.

–¿Qué ocurre? –preguntó Beth.

–El bebé no es biológicamente ni de Patrick ni tuyo. Comprenderé si no quieres mantener nuestro acuerdo. Pero, por favor, sé sincera conmigo. Dime lo que quieres.

–No quiero mantener esta conversación.

–Deberíamos haber hablado hace tiempo. Beth, éste no es un buen momento para que Patrick y tú suméis al estrés por el que está pasando vuestro matrimonio un bebé. Tenéis que centraros en vosotros dos.

–Mi matrimonio no es asunto tuyo –espetó su hermana.

Aquello le dolió mucho a Nicole, que decidió cambiar de táctica.

–No creo que Patrick pueda querer a este bebé.

–Patrick no puede querer a nadie aparte de sí mismo –comentó Beth en tono amargo.

Nicole pensó que para un niño no sería muy agradable vivir en un ambiente en el cual sus padres se criticaban mutuamente. Se humedeció los labios y respiró profundamente.

–Quiero quedarme con mi bebé.

El enfado se reflejó de inmediato en la cara de su hermana.

–¿Me has traicionado después de todo lo que he hecho por ti? Nunca pretendiste seguir adelante con la adopción, ¿verdad?

–Desde luego que sí. Y todavía querría seguir adelante si pensara que es lo mejor. Pero no lo es. En cuanto Ryan apareció en escena, Patrick y tú perdisteis interés. Y no os culpo. Este bebé no es hijo de tu marido –contestó Nicole–. Beth, has estado ignorándome. No contestas mis llamadas telefónicas ni mis correos electrónicos.

–No te he telefoneado porque no podía soportar ver cómo, de nuevo, conseguías lo que yo quería.

–¿De qué estás hablando? –preguntó Nicole, impresionada.

–Todo te es muy fácil, Nicole. Los novios, las buenas notas, la universidad… la vida. Incluso te quedaste embarazada al primer intento. Yo he tenido que trabajar duro para conseguir lo que tengo y, aun así, todavía me quedan muchas cosas por lograr.

Nicole jamás se habría imaginado que su hermana pudiera guardar tanto resentimiento.

–Tú has elegido vivir así, Beth. Te gusta ir sobre seguro.

–Bueno, pues en esta ocasión voy a ganar. Yo también estoy embarazada y no necesito tu maldito bebé para formar una familia. Voy a tener tres hijos propios. De Patrick y míos. ¡Tres! Tú no puedes superar eso.

Estupefacta, Nicole se quedó impresionada ante las noticias y ante la respuesta tan competitiva que había obtenido de su hermana.

–¿Estás embarazada? ¿Cómo?

–He estado viendo a un especialista en Nueva York durante meses. Por eso he faltado al trabajo. La semana pasada me confirmó que estoy embarazada de trillizos. Antes del picnic del Día del Trabajo pensamos que me había quedado embarazada, pero no estábamos seguros.

–Felicidades –dijo Nicole automáticamente.

Por una parte se sintió muy emocionada al saber que el sueño de su hermana de tener una familia se estaba haciendo realidad. Pero por otra se sentía molesta ante el hecho de que Beth la hubiera hecho pasar por toda aquella angustia mientras ella había seguido intentando concebir.

–¿Qué fui yo? –exigió saber, enfurecida–. ¿Una medida preventiva? ¿Te quedarías con mi bebé si no concebías uno tú misma? ¿Qué habría ocurrido si en la clínica de fertilidad no hubieran cometido ningún error? ¿Si mi bebé hubiera sido hijo de Patrick?

–En ese caso, tú habrías tenido lo que siempre has deseado… un trozo de mi marido.

–Jamás he realizado un movimiento inapropiado hacia Patrick –contestó Nicole.

–Pero querías hacerlo. Tú te enamoraste de él primero. Pero no olvides una cosa; renunciaste a los derechos sobre el bebé que llevas en tu vientre. No puedes quedártelo.

–¡Estás embarazada de trillizos! ¿Por qué querrías quedarte también con mi bebé?

–Porque necesitamos el dinero que nos ofreció Ryan. Los tratamientos de fertilidad han sido muy caros. También recibiremos más dinero por la demanda que vamos a interponer contra la clínica de fertilidad por el error cometido.

Nicole se quedó profundamente impactada. Durante una fracción de segundo, odió tanto a Beth como a Patrick. Ambos estaban utilizándola sin ninguna consideración por sus sentimientos.

–No planees utilizarnos ni a mi bebé ni a mí como un medio para obtener dinero. Si tengo que vender todo lo que tengo y pedir préstamos para pagar los costes legales, lo haré con tal de asegurarme de que no obtengáis ni un céntimo por mi futuro hijo. Y Ryan estará de mi lado.

–La ley está de nuestra parte. El contrato que firmaste lo deja muy claro –respondió Beth con el asco reflejado en la voz–. Mírate, Nicole. Te has convertido en nuestra madre.

–¿Qué se supone que significa eso?

–Te has enamorado de tu amante y crees que porque estás embarazada de su mocoso se casará contigo. Bueno, pues tu Ryan va a resultar ser igual que el padre de Lauren. Te va a utilizar para después apartarte de su vida.

–Tú no sabes si eso fue lo que le pasó a mamá.

–Sí, lo sé. Mi dormitorio estaba junto al de nuestros padres. Oía sus discusiones. Todo el mundo sabe que no se amaban y que papá sólo se casó con mamá por su dinero, para poder mantener Hightower Aviation a flote. Lo que tú no sabes es que mamá se enamoró del padre de Lauren, pero éste la rechazó. Lo mismo te ocurrirá a ti. En cuanto Ryan se quede con el niño que vas a tener, tú ya no significarás nada para él. Tendrás suerte de volver a ver a tu pequeño.

–Estás equivocada –aseguró Nicole, horrorizada. Tuvo que apoyarse en la encimera.

–Ya veremos –contestó su hermana, riéndose sin ningún humor.

Nicole pensó que debía hablar con Ryan de inmediato ya que éste era el único que podía ayudarla. Se apresuró en salir de la casa de su hermana y se montó en su coche. Se percató de algo bueno; si no amaba a Patrick, tenía la puerta abierta para amar a otra persona... a alguien que le hacía sentirse más viva que nunca.

Alguien que obviamente deseaba tener una familia tanto como ella.

Alguien que tal vez la ayudara a quedarse con su bebé.

Ryan.

Capítulo Once

–¡Necesito tu ayuda! –espetó Nicole en cuanto Ryan abrió la puerta de su casa el sábado por la tarde.

–Pasa –contestó él, el cual no había sido capaz de quitarse de la cabeza las maravillosas horas que ambos habían pasado en la cama. Deseaba más. Pero se había convencido a sí mismo de que sólo quería sexo y al bebé. No a ella.

–Siento no haber telefoneado antes de venir, pero no tengo ni el número de tu casa ni el de tu móvil –explicó Nicole al entrar en el ático.

Ryan sacó su cartera del bolsillo de su pantalón, tomó de ésta una tarjeta y escribió en ella sus números de teléfono personales.

–Aquí tienes todos mis números.

Nicole aceptó la tarjeta y, al hacerlo, sus dedos rozaron los de él, el cual sintió cómo una corriente eléctrica le recorría el cuerpo. Se dijo a sí mismo que, sin duda, era la energía estática. O tal vez simplemente lujuria.

Ella se metió la tarjeta en el bolsillo sin siquiera mirarla.

–Beth está embarazada de trillizos.

–Pero pensaba que no podía concebir –contestó Ryan.

–Ha estado viendo a un nuevo especialista en fertilidad a mis espaldas.

–Entonces Patrick y ella estarán dispuestos a cancelar el contrato que firmaron contigo –dijo él, pensando que de aquella manera sólo tendría que tratar con Nicole, la cual ya había renunciado a sus derechos sobre el bebé. Pero el dolor y el pánico que reflejaban los ojos de la madre de su futuro hijo le conmovieron. Que él ganara implicaba que ella perdiera.

–Eso pensé yo, pero mi hermana pretende seguir adelante con la adopción.

–¿Por qué querría hacerlo si está embarazada?

–Quiere el dinero que le ofreciste para sufragar sus costes médicos. También van a demandar a la clínica por el error cometido y así obtener más dinero.

–No me sorprende –comentó Ryan, sintiendo un gran desprecio por Beth y Patrick.

–Ryan… –Nicole bajó la mirada y apretó los puños. Respiró profundamente y volvió a levantar la vista– voy a intentar revocar el contrato de alquiler de útero. Mi abogada dice que es casi imposible pero, como tú bien has dicho, Beth y Patrick no son unos buenos candidatos para tener a nuestro bebé. Su matrimonio no está pasando por un buen momento. Si le sumamos el riesgo que supone el embarazo múltiple de mi hermana, creo que, por lo menos, tengo una pequeña posibilidad de ganar. Y entonces… compartiremos la custodia. Tú y yo.

Él pensó que de ninguna manera iba a compartir la custodia de su futuro hijo. Ello implicaría mantener una relación duradera o permanente con Nicole, algo que no deseaba.

–Hablaré con mi abogado –respondió. Pero no iniciaría el proceso que Nicole esperaba…

El lunes por la tarde, Beth entró a toda prisa en el despacho de Nicole. Arrojó una serie de documentos sobre el escritorio de ésta.

–Ya te dije que el malnacido te traicionaría. Y también quiere hundirnos a nosotros contigo.

–¿De qué estás hablando? –preguntó Nicole, tomando algunos de los documentos.

–Está intentando robarnos el bebé –contestó su hermana.

–¿Quién? –exigió saber Nicole, aunque en realidad ya sabía la respuesta.

–Ryan Patrick.

El membrete de uno de los despachos de abogados más prestigiosos de Knoxville captó la atención de Nicole. Leyó el documento y se quedó petrificada.

–Ryan ha entablado una demanda para obtener la plena custodia de mi bebé.

–Querrás decir de *mi* bebé. Prometiste que sería para mí –la corrigió Beth.

–Tú no lo quieres. Planeas venderlo como si fuera un objeto del mercado negro.

–No voy a venderlo, simplemente he accedido a establecer la custodia fuera de los juzgados. El dinero fue idea de Ryan, ¿lo recuerdas? Él vino a nosotros.

–Es lo mismo, Beth. Vas a aceptar dinero por un bebé que ni siquiera es tuyo, un bebé que yo voy a llevar en mis entrañas durante nueve meses, un bebé al que voy a adorar. Un bebé que deseo. Y tú pretendes arrancármelo de los brazos por dinero.

–Tú accediste a esto.

–Accedí a daros a Patrick y a ti la familia que tan desesperadamente queríais. Todo lo que pido ahora es que seas igual de generosa conmigo.

–Yo no he hecho otra cosa que entregarte mi vida –respondió Beth–. Incluso renunciaba a tener citas para cuidarte.

–Teníamos niñeras a las que se les pagaba para que hicieran precisamente aquello.

–Yo estuve allí para ti. Te entregué mi tiempo, mi atención y mis consejos cuando nuestra madre no te los daba.

–Y ahora vas a llevarte lo que más me importa. Mi futuro hijo –espetó Nicole.

Resoplando, Beth salió a toda prisa del despacho. Nicole no se lo impidió y trató de centrarse en el problema que tenía. Quiso creer que Ryan no la había traicionado, sino que tal vez tenía una estrategia… una que esquivara el contrato que ella había firmado.

Con las piernas temblorosas, se levantó y se acercó al fax para enviarle a su abogada los documentos que le había llevado su hermana. Entonces volvió a sentarse a su escritorio y sacó de su bolso la tarjeta que le había dado Ryan. Tenía que hablar con él. Marcó el número de teléfono de su despacho.

–Soy Nicole Hightower. Me gustaría hablar con Ryan Patrick, por favor –dijo en cuanto la recepcionista contestó.

–En este momento no puede atenderla, señora Hightower. ¿Quiere que le deje algún mensaje?

–No, gracias –respondió Nicole, la cual necesitaba hablar con él en aquel momento.

Marcó su número de móvil, pero le saltó el contestador.

–Soy Nicole. Por favor, telefonéame.

Entonces intentó contactarlo en el número de teléfono de su casa, donde dejó otro mensaje. Se preguntó dónde estaba Ryan y si tal vez estaba ignorándola al ver en el identificador de llamadas que era ella. Se sintió enferma. Se planteó que tal vez su hermana tenía razón y que él solamente la había utilizado para debilitar la posición de ésta y de Patrick en la batalla por la custodia del bebé.

Se dijo a sí misma que tenía que encontrarlo. Se levantó y salió de su despacho a toda prisa.

–Tengo que marcharme –le dijo a Lea al pasar junto a ella.

No le dio a su asistente la oportunidad de preguntarle nada. En pocos minutos estuvo sentada en su coche y se dirigió hacia el edificio sede de Patrick Architectural.

Una vez que llegó, subió en el ascensor hasta la trigésima planta. Estaban a punto de dar las cinco de la tarde. Se dirigió de inmediato a la recepcionista.

–Tengo que ver a Ryan Patrick. Es urgente.

La mujer anotó su nombre, telefoneó a alguien y, a continuación, le indicó un pasillo.

–La última puerta a la derecha.

Mientras se dirigía al lugar indicado, el miedo y la aprensión se apoderaron de Nicole. La puerta estaba abierta y una señora mayor se levantó para recibirla.

–Ryan la atenderá enseguida –dijo la mujer, indicándole a Nicole que pasara por otra puerta.

Al entrar en la segunda sala, Nicole pudo ver que Ryan estaba de pie junto a su escritorio.

–Supongo que has tenido noticias de Beth –comentó él, girándose para mirarla.

–Por favor, dime que tienes una estrategia estupenda que me permitirá compartir la custodia de mi futuro hijo contigo. La demanda no dice nada al respecto.

–Lo siento, Nicole, pero estoy solicitando la plena custodia –contestó Ryan con la tensión reflejada en la cara.

–¿Y qué pasa conmigo? –exigió saber ella, destrozada.

–Tú renunciaste a tus derechos. En el contrato que firmaste, queda muy claro.

–Ryan, éste es mi bebé –argumentó Nicole, abrazándose la cintura.

–No tengo tiempo para una batalla por la custodia –respondió él–. Necesito un niño ahora.

–¿Por qué? ¿Por qué tienes que hacer esto?

–Mi padre está planeando jubilarse al año que viene. Al igual que tú, identifica los coches rápidos, los yates y las motocicletas con una incapacidad para pensar con claridad del dueño de éstos. Está amenazando con vender Patrick Architectural y no dejarme la empresa a mí. Contraté un vientre de alquiler para darle un nieto que le demostrara que sí que pienso en el futuro. Pero en vez de aquella mujer, fuiste tú la que quedaste embarazada de mí.

Horrorizada, Nicole se echó para atrás.

–Tú no deseas tener un bebé en absoluto. Sólo quieres quedarte con esta compañía, ¿verdad?

–Lo que quiero es desengañar a mi padre de su anticuada idea de que un hombre debe estar casado para poder ser maduro, responsable y estar dedicado a su trabajo. Siento mucho el dolor que esto va a causarte, Nicole. Pero eres joven. Tendrás otros bebés.

–¿Te acostaste conmigo para conseguir que borrara a Beth y a Patrick del escenario? –preguntó ella, sintiendo cómo un profundo dolor se apoderaba de su corazón.

La vacilación de Ryan al contestar dejó clara la respuesta.

–Entre ambos hay una gran química sexual.

–Lo que estás diciéndome es que este bebé es simplemente un medio para que consigas algo y que lo quieres por razones equivocadas. Los niños se merecen ser amados, Ryan, no simplemente utilizados.

–Mi futuro hijo se convirtió en algo más que un instrumento cuando lo vi en la ecografía.

–No te creo –respondió Nicole, sintiéndose incluso mareada debido a lo impactada que estaba.

Él se acercó entonces a los cajones de su escritorio. Abrió uno, del cual sacó algo que lanzó sobre la mesa. Era una copia de la fotografía que le había entregado a ella de su bebé. Entonces tomó su cartera y, al abrirla, le enseñó una versión más pequeña de la misma fotografía.

–Créeme… –dijo, metiéndose de nuevo la cartera en el bolsillo– quiero tanto a mi futuro hijo o hija como tú. Ya me robaron un hijo en una ocasión y no voy a permitir que me suceda de nuevo.

–Por esa misma razón pensé que comprenderías lo mucho que me importa ser parte de la vida de mi futuro hijo –contestó ella–. Pero me has utilizado, de la misma manera que planeaste utilizar un vientre de alquiler. Ryan, jamás te mantendría apartado de tu hijo. ¿Por qué no podemos compartir la custodia?

–La custodia compartida dejaría la puerta abierta para que cambiaras de idea y para que utilizaras al niño contra mí. No voy a permitir que lo hagas.

Aturdida, Nicole se dio cuenta de que Beth y Patrick tenían razón; todo lo que Ryan quería era el bebé que ella llevaba en las entrañas. En realidad, él se lo había dejado claro desde el primer día, por lo que no comprendió por qué le dolía tanto haberlo verificado.

Pero de inmediato fue consciente de que era porque se había enamorado de él. Al haber creído que todavía amaba a Patrick, no se había percatado de que la galantería de Ryan, la comprensión que había visto reflejada en sus ojos y la pasión que sus caricias desprendían, le habían llegado a lo más profundo del corazón.

–Te veré en los juzgados –dijo, dirigiéndose hacia la puerta–. Prometo que lucharé contra ti con todas mis fuerzas. Ningún niño se merece tener como padre a un ser tan desalmado y manipulador como tú.

Tras decir aquello se apresuró en marcharse ya que, si se hubiera quedado un segundo más en aquel despacho, se habría derrumbado delante de Ryan. La traición de éste le había afectado mucho más que la de su propia hermana, pero bajo ningún concepto iba a permitir que supiera que se había enamorado de él.

Ryan quiso ir tras Nicole, pero no sabía qué podía decirle. Ella tenía razón; él había planeado tener un bebé por razones puramente egoístas. No había querido que nadie saliera herido, pero la agonía que habían reflejado los preciosos ojos azules de Nicole antes de que ésta se hubiera marchado de su despacho, le había dejado claro el enorme dolor que ella sentía.

No supo dónde encontrar la satisfacción de la que debía disfrutar…

–¿Era ésa Nicole? –preguntó su padre, entrando en su despacho sin llamar.

–Sí.

–La he visto entrar en el ascensor. Parecía disgustada. ¿Hay algún problema con el avión o con el vuelo?

HAMC había programado un vuelo de prueba para los ejecutivos de Patrick Architectural. Querían mostrarles a éstos el funcionamiento de su nueva oficina móvil.

–No.

–El viernes por la noche te marchaste de la fiesta con ella –comentó entonces Harlan.

–Sí.

–Me gusta esa chica, Ryan. Es la clase de mujer con la que deberías haber estado saliendo durante todos estos años en vez de las bobas con las que te has relacionado.

–Sí –dijo Ryan.

–¿Por qué sólo me das respuestas monosílabas? –exigió saber su padre, frunciendo el ceño–. No es tu estilo.

Ryan se percató de que había cometido un error… uno tan grave que tal vez no tuviera solución. Tomó la fotografía de su bebé y se la mostró a su padre.

–Nicole está embarazada de un hijo mío. Va a darte un nieto, el pequeño que llevas insistiendo que tuviera desde hace años –confesó.

Harlan se quedó mirando la fotografía en completo silencio, tras lo cual miró a Ryan.

–Mentiste. Estabas saliendo con ella antes de sugerir que alquiláramos el avión.

–No.

–¿Entonces qué? ¿Tuviste un descuido una sola noche? ¿No te he advertido que tengas cuidado?

–Contraté un vientre de alquiler y el plan me salió mal –respondió Ryan.

–Explícate –ordenó su padre.

–Quiero ser el presidente de Patrick Architectural cuando tú te jubiles. Soy muy bueno en mi trabajo y tengo los premios que lo demuestran. Conozco esta compañía y el negocio. No debería estar casado, ni conducir un coche familiar, ni vivir en una bonita casa llena de niños para ganar tu aprobación. No sabía cómo demostrarte que considero PA mi futuro y pensé que un niño, una nueva generación de Patricks, demostraría… mi lealtad con la firma.

Tras confesar su plan, Ryan se percató de lo estúpido que había sido. No comprendió cómo había podido considerarlo lógico en algún momento.

–Me equivoqué. Ahora lo sé.

–¿Cómo llegó Nicole a estar involucrada en todo esto? –preguntó su padre, colocando la fotografía sobre el escritorio–. No me parece el tipo de mujer que alquilaría su cuerpo.

–Tienes razón. Es de las mujeres que ponen a su familia por delante de ellas. La antítesis de mi madre y de mi ex mujer. Nicole se ofreció a quedarse embarazada y darle el bebé a su infértil hermana, aunque sabía que renunciar a su futuro hijo la destrozaría por completo. Pero en la clínica de fertilidad cometieron un error e inseminaron a Nicole con mi esperma en vez de con el de su cuñado. He interpuesto una demanda para obtener la plena custodia.

–¿Y qué ocurre con la hermana?

–Está embarazada de trillizos y ya no necesita este bebé.

–Sabes que soy un anticuado y no negaré que he expresado en numerosas ocasiones mi deseo de tener un nieto, pero ya en una ocasión te presioné para que te casaras por un bebé. Y no voy a repetir el mismo error. Pero… ¿no consideras la posibilidad del matrimonio? Os he visto a los dos juntos, hijo. Nicole y tú tenéis algo… algo por lo que quizá merezca la pena luchar.

–Jamás volveré a casarme. Tú sabes por qué.

–¿Pero es correcto negarle a Nicole el estar con su hijo?

–Ella renunció a sus derechos –contestó Ryan, aunque en realidad ya no sabía qué pensar.

–Pero las circunstancias han cambiado. Ya no va a entregarle a su hermana un regalo de amor.

–Estamos hablando de mi futuro hijo.

–Y del suyo –indicó su padre–. ¿Hay alguna razón por la que pienses que Nicole no está capacitada para ser una buena madre?

–No, en absoluto –respondió Ryan, sintiéndose muy culpable.

–Por muy extraña que fuera la manera de hacerlo, ambos creasteis juntos un ser vivo. Si no puedes amarla, déjala marchar y pensad en una solución que permita que vuestro futuro hijo se beneficie de sus dos padres. Así mismo, debes ser consciente de que, en el futuro, quizá otro hombre ejerza de padrastro con tu hijo.

Aquello impactó profundamente a Ryan. Jamás había pensado en la posibilidad de que Nicole estuviera con otro hombre, pero de sólo imaginársela en la cama con otro se puso enfermo.

–No puedo arriesgarme a casarme de nuevo.

–Querrás decir que no puedes arriesgarte a que te engañen de nuevo. Lo comprendo. Todos queremos evitar esa clase de dolor y algunos nunca encontramos el coraje para intentarlo de nuevo.

Aquella afirmación impresionó a Ryan ya que, hasta aquel momento, su padre nunca había admitido lo mucho que le había dolido el divorciarse de su madre.

–Pero, Ryan, piénsalo muy bien antes de separar a un niño de su madre. Nadie querrá más al pequeño que ella. Por esa razón yo te dejé marchar. No fue porque no te amara o porque no quisiera que estuvieras conmigo, sino porque eras la vida de tu madre, su razón de vivir. No estoy seguro de lo que le hubiera ocurrido si yo te hubiera separado de ella.

–Ojalá me hubieras contado todo esto antes, papá –dijo Ryan, sorprendido.

–No quería que quisieras menos a tu madre si te revelaba sus debilidades. Todos tenemos defectos y lo que importa es la manera en la que los manejemos. Yo amé a tu madre a pesar de los suyos.

–Pero te divorciaste de ella.

–Ella se divorció de mí. Tu madre fue el amor de mi vida. Cuando tú naciste, yo quise daros muchas cosas a ambos. Una casa más grande, un colegio privado, coches bonitos. Trabajé muchas horas extra, probablemente más de las que debía haber trabajado. Tu madre estaba convencida de que la engañaba. No era cierto, pero ella no me creyó. Y una vez que la confianza desapareció… –su padre no fue capaz de terminar aquella frase. Tenía la tristeza reflejada en la cara.

Ryan se percató de que acababa de destruir la confianza que Nicole había depositado en él.

–Pero, aun así, te tengo a ti –continuó Harlan–. Por lo que, aunque el matrimonio terminó muy malamente, el dolor mereció la pena.

–Papá, no quiero que mi futuro hijo se vea involucrado en un juego de tira y afloja.

–Pues entonces será mejor que pienses en una solución justa que os beneficie tanto a Nicole como a ti. Es mejor eso que una batalla legal que dure años. Pero recuerda una cosa; el bienestar del niño siempre debe ir primero. Siempre. Aunque implique que tengas que tomar la decisión más difícil de toda tu vida. Alejarme de ti supuso exactamente eso para mí.

–Desearía que en esta ocasión pudieras decirme qué hacer –comentó Ryan.

–Sobre esto nadie, aparte de ti, tiene la respuesta. Decidas lo que decidas, hijo, te apoyaré. Aunque espero que hagas lo correcto para mi nieto.

Capítulo Doce

El martes por la mañana, Nicole observó cómo sus hermanos y sus padres charlaban en la sala de juntas. Sólo faltaban Patrick y Lauren en aquel encuentro.

Mientras reunía el coraje para hacer lo que tenía que hacer, pensó que sería mucho más fácil actuar como había hecho su madre y simplemente desaparecer. Pero pensó que una vida huyendo no era justa para un niño. Aparte de que, aunque su familia no fuera muy cálida, su hijo tenía derecho a conocer a sus tíos y abuelos.

–Estoy embarazada.

Aquellas dos palabras silenciaron la sala. Todos fijaron su mirada en ella.

–Estupendo –comentó Beth, cruzándose de brazos–. Haz que de nuevo todo gire en torno a ti.

Nicole se percató de que Patrick tenía razón; ella no conocía a su hermana. Si la conociera, habría sido capaz de darse cuenta de los mezquinos celos de Beth.

–¿Quién es el padre? –preguntó Trent.

–Ryan Patrick. Por eso pedí no tener que ser su gerente. Pero permitidme que os explique la situación desde el principio. Beth y Patrick me pidieron que tuviera un hijo por ellos y yo acepté. Se suponía que iba a tener un hijo de Patrick, pero en la clínica de fertilidad cometieron un error y me inseminaron con el esperma de Ryan. Y quedé embarazada.

149

La tensión se reflejó en los allí reunidos.

–Y ahora, tenemos que felicitar a Beth –continuó Nicole–. Ha estado acudiendo a la consulta de un nuevo especialista en fertilidad y Patrick y ella acaban de descubrir que está embarazada de trillizos. Necesitarán vuestro apoyo durante los próximos meses. Estar embarazada de trillizos no será fácil, así como tampoco lo será cuidarlos una vez que hayan nacido.

En ese momento hizo una pausa y reposó la mano sobre su tripa. Le dio tiempo a su familia para que felicitara a Beth mientras ella trataba en vano de recordar el discurso que había ensayado.

–Debido al embarazo de Beth, he decidido quedarme mi bebé –explicó cuando todos volvieron a centrar la atención en ella–. Pero tanto Beth y Patrick, como Ryan, están luchando por obtener la custodia. La batalla legal puede ser muy dura y el escándalo que tal vez se cree podría llegar a los periódicos. No quiero convertir Hightower Aviation en un campo de batalla en el cual destruyamos nuestra familia al elegir bandos. Si queréis que dimita de mi cargo, lo haré. O puedo marcharme a trabajar a alguno de nuestros centros de operaciones en el extranjero.

Su madre se puso de pie, y Nicole sintió cómo se le ponían tensos todos los músculos del cuerpo.

–Los escándalos van y vienen y los Hightower siempre hemos sobrevivido. Nicole, tienes todo mi apoyo. Me gustaría que Beth y Patrick fueran lo bastante maduros como para dejarse de bobadas y que también te apoyaran. Eres muy generosa, y estoy orgullosa de que seas mi hija.

Una sensación de alivio se apoderó de Nicole, la cual se sintió muy emocionada. Tuvo que agarrarse a la mesa para mantenerse en pie.

–Gracias, mamá –ofreció, consciente de que su madre había cambiado mucho.

–Aunque Patrick y yo renunciáramos a la custodia… –comenzó a explicar Beth, la cual no parecía muy contenta– Ryan tiene muchas posibilidades de ganar. Es el padre biológico del bebé, y Nicole renunció a sus derechos sobre su futuro hijo.

Jacqueline Hightower miró con desprecio a su hija.

–Nicole está embarazada de mi nieto, y Ryan Patrick no se imagina lo peligroso que puede llegar a ser un Hightower enfurecido.

–Lucharemos contra él con todas nuestras armas, Nicole –terció Trent.

A Nicole se le empañó la mirada y las lágrimas le humedecieron las mejillas. Quizá fuera a perder su bebé, pero no estaría sola. Tendría a su familia junto a ella.

–Flores para ti –le dijo Lea a Nicole desde la puerta del despacho de ésta el lunes por la tarde.

Nicole observó el enorme ramo de flores que cubría completamente el torso de su asistente.

–Son preciosas.

Lea entró en el despacho y colocó el ramo en una esquina del escritorio de éste. Entonces se dio la vuelta para marcharse sin su habitual interrogatorio, lo que a Nicole le pareció muy extraño. Pero lo dejó pasar ya que su asistente había estado comportándose de manera precavida desde que, hacía dos semanas, le había contado la verdadera historia de su embarazo.

Al buscar una tarjeta que acompañara al ramo, no la encontró.

–Lea, ¿había alguna tarjeta?

–La tengo yo.

Impresionada al oír la voz de Ryan, Nicole levantó la vista. Se le aceleró el pulso. No había tenido noticias suyas desde hacía dos semanas, lo que no implicaba que no hubiera estado pensando constantemente en él.

Vestido con un traje negro y camisa amarilla, Ryan tenía un pequeño sobre blanco en una mano.

–Mi abogada me ha dicho que no debo hablar contigo –espetó Nicole, cruzándose de brazos.

La sensual manera en la que Ryan la miró, le recordó la noche que había pasado en su dormitorio. Sintió cómo el sudor le recorría el cuerpo y se echó para atrás en la silla.

–Entonces no debes de haber hablado hoy con ella –respondió él, cerrando la puerta del despacho tras de sí.

–¿Qué quieres decir?

–Tu hermana y tu cuñado han retirado la demanda que habían interpuesto para lograr mantener la custodia. Ahora el asunto es sólo entre tú y yo –contestó Ryan, ofreciéndole el sobre.

Nicole lo aceptó de mala gana. Hasta aquel momento no le había gustado nada de lo que él le había dado para leer. Abrió el sobre y sacó una tarjeta. Una llave de latón cayó de éste al suelo.

Tu nueva dirección, leyó en la tarjeta, junto con una dirección de Knoxville.

–¿Qué significa esto?

–Tú dijiste que la casa era perfecta para tener una familia. La he comprado. Para ti.

–¿Para mí? No comprendo –respondió ella, negando con la cabeza.

–Ambos queremos lo que es mejor para nuestro

futuro hijo. Y yo quiero que críes a nuestro pequeño en esa casa.

Nicole pensó que debía de haberle oído mal. Aquello era demasiado bueno para ser cierto.

–Sigo sin comprender. ¿Por qué estás haciendo esto, Ryan? ¿Qué vas a obtener?

–Nadie querrá a nuestro futuro hijo más que tú. Considera la custodia y la casa como mis regalos para el bebé. Para vosotros dos. Las escrituras estarán a tu nombre en cuanto firmes el contrato.

Tras decir aquello, él se acercó a la silla de ella y puso ambas manos en los apoyabrazos. Entonces acercó la cara a la de Nicole…

Ella echó la cabeza para atrás y sintió cómo la boca se le hacía agua. Deseó que la besara y se humedeció los labios. No comprendió cómo seguía deseándolo después de lo que Ryan le había hecho. Se preguntó si podía confiar en él, pero pensó que aquello tenía que ser una trampa.

–Hay una condición –comentó Ryan.

–¿Qué clase de condición? –preguntó ella, pensando que sabía que iba a haberla.

–Quiero vivir allí contigo.

Nicole se quedó muy impresionada. Giró la silla y se levantó.

–¿Es ésta otra solapada manera de lograr que tu padre te deje Patrick Architectural?

–Metí la pata. Mi padre había estado agobiándome durante años con que quería un nieto y decidí darle exactamente lo que quería. Me cegué a mí mismo. Tras el engaño de mi ex esposa, me juré que jamás volvería a permitir que nada ni nadie me importara tanto de nuevo. Pero me equivoqué. Nunca había conocido a nadie como tú, Nicole. Alguien que siempre pone a los demás por delante suya. No confiaba que pudiera ser sincero. No confiaba en ti. Pero ahora sí.

Tras decir aquello, él se acercó a ella, pero Nicole dio un paso atrás.

—Ryan… ¿qué estás tratando de obtener?

A modo de respuesta, él sacó un sobre del bolsillo de su chaqueta, sobre donde estaba impresa la dirección de la abogada de ella.

—Le pedí a Meredith Jones que me permitiera entregarte esto personalmente.

Nicole pensó que su abogada jamás le habría confiado a él nada que pudiera hacerle daño a ella. Tomó el sobre, lo abrió y sacó la carta que había dentro.

Nicole:

En otro momento te explicaré los aspectos legales, pero lo fundamental es que Ryan Patrick ha firmado unos documentos en los que te otorga la plena custodia del bebé que llevas en tus entrañas. Ha renunciado a todos sus derechos paternos si, y sólo si, tú crías a tu futuro hijo. Le gustaría tener derecho a visitas, pero no va a forzar ninguna situación.

Felicidades, mami.

Meredith

Mami. Nicole abrazó la carta contra su pecho y miró a Ryan a la cara.

—¿Y qué ocurre con Patrick Architectural?

—Soy muy bueno en mi trabajo. Si mi padre decide vender P.A., encontraré otro lugar donde trabajar como arquitecto. O quizá pueda abrir un estudio yo mismo.

—¿Por qué, Ryan? ¿Por qué vas a alejarte de algo que te importa tanto? —quiso saber ella.

–Porque tu generosidad me ha impactado. Eres la única mujer que he conocido que no me ha preguntado qué iba a obtener a cambio de nuestra relación. Me he enamorado de ti, Nicole.

A ella se le revolucionó el corazón. Temía creer que la emoción que reflejaba la voz de él y el amor que podía ver en sus ojos fueran verdaderos. No podría soportar que le rompieran de nuevo el corazón.

–No trates de manipularme con mentiras –dijo con la voz temblorosa.

–Me merezco esta reacción –contestó Ryan–. Pero nunca te he mentido salvo por omisión. La pasión que compartimos fue verdadera. Sé que te hice daño y me gustaría tener la oportunidad de recompensarte. Tengo la esperanza de que finalmente encuentres un lugar para mí en ese corazón tan generoso que tienes.

Tras decir aquello, apartó la silla a un lado y se arrodilló con una pierna en el suelo.

–Quiero casarme contigo, Nicole, quiero formar una familia junto a ti y mimarte. Pero, sobre todo, quiero tener la oportunidad de amarte. Y deseo que me enseñes a ser tan generoso como eres tú.

Ella se quedó muda. Deseó con todas sus fuerzas que lo que había dicho él fuera verdad. Pero al apoderarse el silencio de la sala, Ryan palideció y se levantó.

–La casa y el bebé son tuyos. Me gustaría estar tan involucrado en la vida de nuestro futuro hijo y en la tuya como me permitas. Pero si no puedes soportarlo, aceptaré tu decisión y me mantendré apartado –aseguró, dándose la vuelta. Comenzó a dirigirse hacia la puerta.

Nicole sintió como si él se hubiera estado llevando consigo su corazón y todo el oxígeno del despacho. Jamás se había sentido tan vacía. Ni siquiera se había sentido tan mal cuando se había percatado de que había perdido a Patrick. Le faltaba el aire y le temblaban las piernas. Tuvo la sensación de que su mundo iba a terminar si Ryan no estaba en él. Aquello era amor.

–Ryan, no te marches.

Él se detuvo con el picaporte de la puerta en la mano. Lo soltó y se dio la vuelta. Tenía una demacrada expresión reflejada en la cara, pero sus ojos reflejaban esperanza. Y fue precisamente aquella esperanza la que le dejó claro a Nicole que no estaba mintiendo.

–Quiero todo lo que me has ofrecido. Contigo. Sólo contigo. Te amo. Y quiero criar a este bebé, a nuestro bebé, junto a ti.

El amor suavizó las facciones de Ryan y, la tierna sonrisa que éste esbozó, provocó que a ella se le llenaran los ojos de lágrimas. De lágrimas de felicidad. De inmediato, él se apresuró en acercarse para tomarla en brazos. Hundió la cara en su cuello y la abrazó estrechamente. Después dijo:

–Con una condición… que empieces a pensar en ti primero ya que eres la persona que más me importa.

–Veré lo que puedo hacer, pero tal vez necesite tu ayuda para lograrlo –contestó una emocionada Nicole.

En el Deseo titulado
Heredera secreta, de Emilie Rose,
podrás continuar la serie
PASIÓN DE ALTOS VUELOS

Deseo™

Noches ardientes

BRENDA JACKSON

Ramsey tenía la norma de no mezclar placer y trabajo, pero su cocinera del momento era tan atractiva que empezaba a plantearse introducir un cambio en sus costumbres.

Cuando la tentación fue más fuerte que la razón, descubrió que Chloe Burton era tan apasionada en la cama como buena cocinera.

Aunque su relación era cada vez más tórrida, Ramsey se preguntaba cuáles eran los motivos ocultos de Chloe. Al descubrirlos, decidió olvidarla aunque fuera a base de duchas frías, pero pronto supo que había cometido un grave error...

Si no puedes aguantar el calor...

Acepte 2 de nuestras mejores novelas de amor GRATIS

¡Y reciba un regalo sorpresa!

Oferta especial de tiempo limitado

Rellene el cupón y envíelo a
Harlequin Reader Service®
3010 Walden Ave.
P.O. Box 1867
Buffalo, N.Y. 14240-1867

¡Sí! Por favor, envíenme 2 novelas de amor de Harlequin (1 Bianca® y 1 Deseo®) gratis, más el regalo sorpresa. Luego remítanme 4 novelas nuevas todos los meses, las cuales recibiré mucho antes de que aparezcan en librerías, y factúrenme al bajo precio de $3,24 cada una, más $0,25 por envío e impuesto de ventas, si corresponde*. Este es el precio total, y es un ahorro de casi el 20% sobre el precio de portada. !Una oferta excelente! Entiendo que el hecho de aceptar estos libros y el regalo no me obliga en forma alguna a la compra de libros adicionales. Y también que puedo devolver cualquier envío y cancelar en cualquier momento. Aún si decido no comprar ningún otro libro de Harlequin, los 2 libros gratis y el regalo sorpresa son míos para siempre.

416 LBN DU7N

Nombre y apellido	(Por favor, letra de molde)

Dirección	Apartamento No.

Ciudad	Estado	Zona postal

Esta oferta se limita a un pedido por hogar y no está disponible para los subscriptores actuales de Deseo® y Bianca®.
*Los términos y precios quedan sujetos a cambios sin aviso previo.
Impuestos de ventas aplican en N.Y.

SPN-03   ©2003 Harlequin Enterprises Limited

Para reconocer la paternidad del niño, antes tiene que descubrir los secretos que ella esconde

El implacable y peligroso magnate hotelero André Gauthier ha llevado a Kira hasta la paradisíaca isla caribeña que es su refugio. Su intención no sólo es hacerle el amor con una pasión despiadada… ¡también quiere vengarse! Está convencido de que Kira le ha traicionado con su peor enemigo.

¡Una sola caricia es suficiente para que Kira desee desesperadamente perderse de nuevo entre las sábanas de André! Pero antes tiene que decirle que está embarazada de él…

Pasión cruel

Janette Kenny

Deseo™

Una vida nueva

OLIVIA GATES

Él corrió a su lado en cuanto se enteró del accidente. Hasta su completa recuperación, el millonario doctor decidió llevarse a la convaleciente Cybele a su casa, frente al mar, prometiéndose cuidar y proteger a aquella joven viuda y embarazada, sin revelarle sus verdaderos sentimientos. Pero temía que a pesar de sus brillantes habilidades, fuera incapaz de retener a Cybele a su lado si se enteraba de la verdad sobre el papel que había jugado en su embarazo.

Prometió mantener un secreto...